ALBUM HISTORIQUE

DE

N. MINOLA

PARIS

TYPOGRAPHIE MÉCANIQUE D'ADRIEN DELCAMBRE ET C°, 15, RUE BREDA

1858

APERÇU

DE

L'HISTOIRE UNIVERSELLE

L'histoire a toujours été regardée comme la base de l'éducation : Un homme, qui ignore les faits qui ont précédé sa naissance, ne sera jamais qu'un enfant (a dit un philosophe de l'antiquité).

Qui peut, en effet, s'occuper de politique, sans connaître l'histoire? qui peut prévoir les événements futurs sans, pour ainsi dire, les avoir étudiés dans les annales du passé?

Qu'il est merveilleux de suivre le cours des vicissitudes qui, tour-à-tour, ont transmis le sceptre du monde à des peuples si différents de mœurs, de culte et de langage, depuis les anciennes populations de l'Asie, jusqu'aux nations modernes de l'Europe actuelle!

L'histoire est le tableau des grands événements; ce vaste drame, qui a eu pour héros et pour victimes des peuples entiers, fournit à l'observateur des sujets de profonde méditation.

Quelles sont les causes de la disparition de ces peuples? Pourquoi la fortune de tant de contrées a-t-elle subi de si prodigieux changements? D'où vient que tant de villes, autrefois fameuses, sont aujourd'hui détruites?

Lorsque l'homme, qui réfléchit, évoque le souvenir des nations qui nous ont si majestueusement précédés dans la gloire, les arts ou l'industrie, lorsqu'il voit ces nations éteintes ou tellement déchues qu'elles offrent à peine l'ombre de leur grandeur passée, alors il s'écrie avec une douleur mêlée d'effroi : « Quel est donc le but, pour lequel nous faisons tant de recherches? Quel sera, dans » dix siècles, le sort de notre postérité?... »

Les peuples, qui ouvrent la scène, se montrent à l'extrémité occidentale de l'Asie, dans le lieu où la tradition a placé le paradis terrestre, et vers ce point ignoré, où devait naître, un jour, le Sauveur du monde.

Nemrod (ce roi chasseur) fonda la monarchie des Assyriens, dont la durée fut de quatorze siècles; ce nouvel empire était environné par les Hébreux, les Phéniciens et les Arabes : la Chine existait déjà et les colonies de Menrom se répandaient dans l'Egypte, qui, elle aussi (après quelque temps), éleva ses pyramides... Mais lorsque la Syrie comptait cent villes puissantes, que Ninive montrait avec orgueil ses superbes remparts, que Thèbes ouvrait ses cent portes et que Babylone offrait à l'œil étonné ses jardins suspendus et toutes ses merveilles, l'Europe, couverte de marécages et de vastes forêts, ne contenait encore dans son sein, aujourd'hui si fécond, que quelques tribus nomades et sauvages, vivent de leur chasse, sacrifiant des victimes humaines et se désaltérant dans le crâne de leurs ennemis vaincus.

Quelques siècles se sont à peine écoulés... Quel changement prodigieux s'est opéré!.. Les républiques commerçantes de la Phénicie, la Méditerranée portant avec fierté les flottes et les richesses de Tyr, les chantiers d'Arad ouverts et un peuple de matelots, de pilotes et de marchands répandant la civilisation en Espagne, en Italie et dans les Gaules.

La Grèce, à peine sortie des mains de Cécrops, pour se placer un jour à la tête des nations, après avoir reçu de l'Égypte les fables et les dieux, qui entourent son berceau, nous frappe d'admiration!.. Rome n'existait pas encore. C'est à l'époque du démembrement du vaste empire d'Assyrie, c'est lorsque la Grèce était dans tout l'éclat de sa puissance, que Rome commence à paraître. Déjà ses belliqueux enfants se préparent, ils s'avancent pas à pas dans le chemin de la gloire.

En vain, Nabucodonosor, en s'emparant du royaume de Juda, ainsi que Cyrus en délivrant les Hébreux de la captivité, feront-ils retentir le monde asiatique de leurs exploits, la grandeur de Rome ne sera point obscurcie par les triomphes des Grecs à Marathon et à Salamine; Alexandre même viendra inutilement étonner l'univers par ses conquêtes et jeter un dernier éclat sur les efforts suprêmes de la Grèce : Alexandre, en mourant, lègue la discorde à ses généraux corrompus, les souvenirs de sa gloire à sa patrie, et les destinées du monde aux Romains, qui s'apprêtent à l'envahir.

D'abord l'Italie, ensuite la Sicile (après les premières guerres puniques), puis la Sardaigne et la Corse sont soumises; la Macédoine, la Grèce et l'Épire subissent le joug; l'Espagne et les Gaules succombent, et la puissance de la République romaine rayonne partout, après la destruction de Carthage. La Grande-Bretagne, qui, pareille à un navire, se reposait sur ses ancres, semblait regarder la mer comme un rempart capable d'arrêter les vainqueurs, voit aussi les armes romaines pénétrer dans son sein. La Germanie rugit encore sous le fer des conquérants, mais, semblable à un ennemi vaincu, elle menace en vain et sans espérance d'un meilleur sort.

Jules César, après tant de victoires, touchait au moment de recueillir le fruit de ses conquêtes, lorsque le poignard de Brutus, le frappant en plein sénat, lui fit expier l'ambition de ses rêves, et c'est Octave qui réussit à fonder l'empire, et sut s'élever à l'apogée de sa puissance, en dépouillant la tyrannie ensanglantée du proscripteur pour revêtir la pourpre, auguste et clémente, du maître de lui-même, comme de l'univers.

Cet empire s'étendait alors des rives du Danube au mont Atlas, et de l'Océan à l'Euphrate : les trois parties du monde alors connu subissaient la domination des Césars ; mais bientôt Rome gémit sous la tyrannie du cruel Tibère, de l'insensé Caligula, du faible Claude, de l'atroce Néron ; et elle ne respire un instant sous Vespasien et Titus que pour tomber entre les mains indignes de Domitien, qui réunit tout ce que ses prédécesseurs avaient d'odieux : pourtant voici venir le siècle d'Adrien et d'Antonin, aussi heureux pour l'État que l'autre avait été funeste. Marc-Aurèle se montre véritablement noble et généreux, mais Commode, son fils, couvre l'Empire de sang et de ruines ; un meurtre délivre les Romains de ce monstre, et laisse le gouvernement en proie à l'anarchie.

L'armée, s'arrogeant le droit de disposer du trône, nomme des empereurs qui, tous, successivement tombent sous les coups de leurs satellites. Aurélien soumet les princes d'Orient et relève l'Empire ; Constantin le Grand commence à propager le Christianisme et, de l'ancienne Byzance, il décrète le premier partage de ses États entre ses enfants. Pour un instant Théodose réunit le monde romain, mais, bientôt après, il en règle la séparation définitive, attribuant l'Orient à Arcadius et à Honorius l'Occident.

C'est alors que s'avance vers l'Italie un peuple barbare : les Huns, poussés en avant par d'autres hordes inconnues, se précipitèrent sur les Alains, ceux-ci sur les Goths, ces derniers sur les Germains, et cette multitude féroce, roulant comme une effroyable tempête, alla fondre sur Rome pour mettre fin à son prestige et à sa grandeur.

Alaric, roi des Goths, Attila le Fléau de Dieu, et Genséric, roi des Vandales ; Genséric, qui plus tard traversa les Gaules et l'Espagne, franchit le détroit de Gibraltar, inonda l'Afrique et vint de Carthage ressaisir à Rome les dépouilles que Rome avait ravies à Carthage.

Au choc, produit sur les masses par l'invasion des barbares, se joignit le choc produit dans les idées par le Christianisme.

Ici se termine l'histoire ancienne pour faire place au moyen âge.

De nouveaux peuples se sont partagé l'Europe : les Francs et les Gaulois, agissant de concert, fondent la monarchie française. Les Goths, puis les Longobards, apportent à l'Italie l'énergie, le courage et l'esprit de liberté qui manquait aux descendants dégénérés des anciens Romains.

Justinien, par ses lois, gouverne l'Empire d'Orient, qui brille encore à Constantinople comme les souvenirs glorieux d'une puissante monarchie.

L'Espagne, cette belle province romaine, est tranquille et prospère sous les rois visigoths ; mais le belliqueux Arabe traverse sur son léger coursier les déserts brûlants de l'Afrique, pour venir se reposer un instant sur le rocher de Ceuta et, de là, mesurant d'un coup d'œil l'espace qui le sépare de l'Europe, il jure, par son Prophète, de faire de l'Espagne sa conquête et sa proie ; avec la rapidité de l'aigle, il a déjà subjugué la contrée qu'il se proposait d'envahir ; les Pyrénées ne lui offrent qu'un faible obstacle, il en franchit la cime, et plane sur les Gaules.

Charles-Martel, ce guerrier intrépide, souche de la race carlovingienne, arrête l'essor victorieux des Arabes, maîtres de l'Espagne, et Pépin, son fils, commence cette étonnante révolution qui réunit les débris des peuples germains et forme de ces diverses nations un empire aussi immense que celui qu'elles avaient démembré.

Charlemagne paraît : digne fils de Pépin, il joint à la haute intelligence d'un Romain, la rude énergie d'un Barbare ; tandis que, d'une main, il organise et administre la France, de l'autre il soumet les Sarrasins et les Saxons. Les Longobards, les Bavarois, l'Elbe et le Danube sont témoins de ses triomphes, et sa vaste domination atteint les extrêmes limites où s'étendait naguère la domination des Césars ; mais Charlemagne, qui s'était revêtu de la pourpre impériale, pour l'opposer, comme une barrière infranchissable aux invasions des Germains, ce monarque puissant, héritier de la politique de Rome, vit les premières flottes des Normands apporter le pillage et la mort aux rivages de sa patrie.

Les masses barbares s'étaient arrêtées comme une immense armée d'occupation sur la surface de l'ancien Empire romain ; ainsi les lettres étaient mises en oubli, et peu à peu l'ignorance enveloppait tout de ses ténèbres.

Ces soldats, transformés en colons, avaient conservé la hiérarchie militaire et les devoirs réciproques qui constituent les rapports des chefs et des subordonnés : cette organisation, qui était dans les mœurs des Germains, Charlemagne n'avait pas songé à la détruire ; mais, après sa mort, le partage de ses nombreux États, les discordes civiles, les incursions des Normands, la cupidité des ducs, des comtes et des évêques, qui voulaient s'approprier les provinces confiées à leur défense et à leur foi, tout favorisa et devait favoriser le principe de dissolution.

Un démembrement universel s'opère, et il s'élève, au sein de l'ancienne monarchie, un système nouveau, qui sous le nom de *féodalité* formant une hiérarchie de suzerains et de vassaux, lie réciproquement tous les individus de l'État depuis le monarque, seigneur suprême, jusqu'au serf attaché à la glèbe. De cette confédération naquirent les haines qu'excita l'inégalité des conditions, et tous subirent la pression continuelle de la force et les maux inséparables de la guerre. Cependant la féodalité renfermait en elle-même un principe de grandeur ; elle faisait appel au courage personnel ; les périls, au sein desquels vivaient les hommes de cette époque, exigeaient de l'énergie et de la résolution.

Les armes étaient leurs jeux, les tournois leurs passe-temps, la guerre était leur occupation journalière et la société n'était, à leurs yeux, qu'un vaste champ de bataille.

L'Europe entière se précipite alors sur l'Asie, et des combats de géants s'engagent entre les populations indomptées des deux continents.

C'est l'époque des Croisades.

Tandis que les enfants de l'Évangile luttent pendant deux siècles contre les fils du Coran pour conquérir un tombeau sacré, le désir de faire valoir la prérogative de leurs anciens prédécesseurs, d'une part, et, de l'autre, l'ambition d'établir une suprématie temporelle sur une cérémonie pieuse, entraînèrent, dans une lutte de plusieurs années, les héritiers de Charlemagne et les successeurs de saint Pierre.

L'Empire et l'Église.

La querelle des investitures doit porter un coup mortel à la puissance temporelle des papes : les croisades deviennent le signal de l'affranchissement des communes, le point de départ de l'accroissement du pouvoir royal.

Déjà Hugues-Capet avait commencé à constituer la monarchie française ; il avait laissé à ses descendants le soin de continuer son œuvre en livrant à la féodalité un long combat et en recompensant la classe des hommes libres, qui avait disparu dans le naufrage de la royauté.

La tactique militaire se transforme par suite de l'invention de la poudre à canon.

Louis XI, qui voulait établir la monarchie absolue sur les débris de la féodalité, regarda, avec autant d'indifférence que d'imprévoyance, la grande découverte de Guttemberg, qui, en se propageant, devint la source et le véritable instrument du progrès. Quand Louis XI disparut de la scène, la féodalité succomba ; Constantinople fut prise par les Turcs, les lettres et les Arts reparurent en Italie, l'Amérique fut découverte.

Léon X, François Ier, Charles-Quint, Henri VIII, Luther et les divers changements et réformes religieuses s'approchent à grands pas.

L'or du Mexique et du Pérou diminue la valeur des métaux précieux, fonde le crédit public, fait changer de mains la propriété foncière, et la société se renouvelle sous le rapport des finances, comme elle s'était renouvelée sous le rapport moral et politique.

Aux aventures des Croisades succèdent les lointaines expéditions maritimes, le globe semble s'agrandir, le système des Colonies modernes commence et, en fondant la compagnie des Indes et la puissance navale de l'Angleterre, Elisabeth acquiert une gloire immortelle et la reconnaissance de son pays.

La royauté était alors toute-puissante en Europe : Richelieu venait d'abattre les derniers représentants de la féodalité, et la France, tombait presque sans résistance sous le joug de l'autorité absolue; c'est à cette époque que Louis XIV, le grand roi qui nomma son siècle, prononça ces mots fameux : « L'Etat c'est moi ! »

A Louis XIV était réservée la gloire de mettre la dernière main à l'édifice de puissance, auquel avaient travaillé vingt-neuf rois, ses ancêtres, et le Ciel destinait son petit-fils à voir crouler cette œuvre colossale qui devait l'engloutir sous ses ruines.

La Révolution française éclate ! Un long cri d'étonnement se répand d'un bout du monde à l'autre, à l'annonce de ce formidable événement les rois sentent le sceptre s'échapper de leurs mains : les peuples émus se regardent, et l'humanité tout entière tressaille à la fois de crainte et d'espérance.

Le génie de la destruction semble inspirer ses fureurs aux enfants de la France: croyances, lois, coutumes, objets de la vénération de tant de siècles, tout est renversé, tout est foulé aux pieds. Lorsque les premiers flots de l'anarchie se furent retirés, Napoléon parut au milieu des ruines ; il les féconde et en fait sortir un monde régénéré ; son génie hardi et organisateur, son indomptable volonté, son amour de la gloire et la force immense que la Révolution avait mise entre ses mains, le rendirent la plus formidable puissance des temps modernes ; mais, après de grandes victoires rapides et multipliées, après avoir planté ses étendards dans toutes les capitales de l'Europe continentale ; après avoir, pendant dix années, augmenté son pouvoir et, pour ainsi dire, conquis un nouveau royaume à chaque bataille, un seul revers suffit pour ameuter l'Europe entière contre son insatiable ambition : la France, sur laquelle il comptait toujours, n'avait plus pour lui le même enthousiasme, et le grand capitaine, qui, en l'éblouissant par ses hauts faits, l'avait dépouillée de ses droits, la trouva, au jour de son malheur, tiède à le soutenir et impuissante à le défendre.

Voilà le Panorama de tant de révolutions que l'histoire présente aux yeux du philosophe, qui, en rapprochant les faits, peut les comparer et les juger ainsi à leur véritable point de vue.

De Neuroul à Napoléon on n'observe que de mêmes évènements plusieurs fois répétés avec la seule différence des époques, des lieux et des personnes.

En fixant les yeux sur ce tableau, nous avons tous les moyens d'éclairer notre intelligence, d'asseoir notre jugement, et de nous former ainsi des convictions qui devancent les temps futurs, car Bossuet l'a dit : « Qui sait la ruine du passé, peut, par cela même, indiquer l'avenir. »

TABLEAU SYNOPTIQUE ET CHRONOLOGIQUE

DES

PRINCIPAUX FAITS DE L'HISTOIRE UNIVERSELLE.

HISTOIRE ANCIENNE.

Année av. J.-C.	CARACTÈRES DES SIÈCLES.	FORMULES (mnémoniques ?)	Année av. J.-C.	CARACTÈRES DES SIÈCLES.	FORMULES mnémoniques
40	La Création du Monde (2).		11	Saül, sacré roi par Samuel, 1er et dernier juge d'Israël	
34	Le Déluge.		»	Salomon. — La Reine de Saba.	
23	Nemrod, premier roi chasseur.		10	Roboam, roi de Juda.	
22	Misraïm, premier roi d'Égypte.		»	Jéroboam, roi d'Israël.	
»	Sémiramis.		»	Homère, célèbre poète grec.	
21	Polyphème en Sicile.		9	Lycurgue, législateur de Sparte.	
20	Abraham.		»	Athalie, reine d'Israël.	
19	Phoronée, roi d'Argos.		»	Didon, reine de Carthage.	
»	Commencement de l'agriculture.		8	Fondation de Rome par Romulus.	
18	Jacob.		»	Sennachérib, roi d'Assyrie.	
17	Joseph en Égypte.		»	Osée, dernier roi d'Israël.	
16	Cécrops, fondateur d'Athènes.		7	Nabuchodonosor.	
»	Lélex, roi de Sparte.		6	Cyrus.	
»	Cadmus, fondateur de Thèbes, en Béotie.		5	Victoires des Grecs contre les Perses.	
15	Moïse.		»	Appius Claudius, dernier décemvir de Rome.	
»	Ionus.		4	Alexandre le Grand.	
14	Janus, roi des Étrusques.		»	Aristote.	
»	Othoniel, juge d'Israël.		3	Guerres puniques.	
»	Les mystères de Cérès.		2	Judas Machabée.	
13	Jason, ou les Argonautes en Colchide.		1	Puissance de Rome.	
»	Gédéon, juge d'Israël.		1	Jules César.	
12	Incendie de Troie.		»	Auguste, 1er empereur Romain.	
»	Samson, juge d'Israël.				

(1) Voir les tableaux de la première page et la clef mnémotechnique.
(2) Selon la chronologie d'Usserius, mais selon l'art de vérifier les dates, il y aurait une différence de dix siècles environ.

DÉVELOPPEMENT DES PRINCIPAUX ÉVÉNEMENTS

DEPUIS LA CRÉATION DU MONDE JUSQU'AU VIIIe SIÈCLE AVANT J.-C.

Siècles avant J.-C.	ÉVÉNEMENTS.	Date chronologique avant J.-C.	Siècles avant J.-C.	ÉVÉNEMENTS.	Date chronologique avant J.-C.
40 Adam, Ève; Caïn, Abel.	Après avoir fait le Ciel et la Terre, Dieu commença son ouvrage par la création de l'Homme et de la Femme, qui furent placés dans le Paradis terrestre (en Asie); ensuite leur désobéissance les fit chasser de ce lieu de délices, et Caïn, leur fils aîné, tua son frère Abel dont il était jaloux ;	4004	22 Les premiers habitants de l'Égypte.	des arts, dont les personnages les plus célèbres de la Grèce s'emparèrent plus tard : l'ancienne ville de Thèbes aux cent portes, la ville de Memphis, le lac Mœris et les fameuses pyramides font connaître la puissance de la civilisation égyptienne.	2490
34 Noé; le Déluge universel.	Ce fut le premier anneau de cette longue chaîne de crimes qui força l'Éternel à châtier Noé pour menacer les hommes de sa colère ; et comme ceux-ci n'écoutèrent point cet avertissement, ils furent tous submergés par les eaux du déluge, tandis que Noé se sauva dans l'Arche avec sa famille et un couple de tous les animaux.	2348	» Sémiramis.	Sémiramis, reine d'Assyrie, veuve de Ninus, fait construire les superbes remparts de Babylone ainsi que ses jardins suspendus.	2112
			21 Polyphème en Sicile.	Polyphème, que la fable nous peint sous les traits d'un cyclope (géant avec un œil au milieu du front), passe pour le premier habitant de la Sicile.	2072
23 Nemrod, roi de Babylone.	Nemrod, descendant de Cham, appelé par Moïse le Grand Chasseur, s'empare de la ville fondée par Assur, et jette ainsi les bases de l'empire Babylonien. Le beau ciel de Babylone invita bientôt les hommes aux observations astronomiques, se servant ainsi de la tour de Babel, que les descendants de Noé n'avaient pu achever.	2233	20 Abraham.	Dieu appelle Abraham de la ville d'Ur en Chaldée et, voulant éprouver sa foi, lui ordonne de sacrifier son fils Isaac; mais, satisfait de son obéissance, l'ange du Seigneur arrête son bras et le sacrifice n'a pas lieu.	1921
			19 Phoronée.	Phoronée, fils et successeur d'Inachus, roi d'Argos, donne à ses sujets des lois sages et les initie aux bienfaits de la civilisation. Après sa mort, on le divinisa.	1921
22 Misraïm.	L'Égypte, appelée par les anciens habitants Terre de Cham, est indiquée dans la Bible sous le nom de Misraïm. On considère l'Égypte comme le berceau des sciences et		18 Jacob.	Jacob, fils d'Isaac, eut douze fils, pères des douze tribus; il obtint par ruse le droit d'aînesse qui appartenait à Ésaü.	1728

SIÈCLES avant J.-C.	ÉVÉNEMENTS.	ORDRE chronologique avant J.-C.
17 — Joseph en Égypte.	Joseph, fils de Jacob, est vendu par ses frères à des marchands ismaélites, et, après plusieurs vicissitudes, il est appelé en Égypte par Pharaon, qui, après l'explication d'un songe, le fait son premier ministre.	1683
16 — Cadmus.	Cadmus se fixe en Béotie et y fonde la ville de Thèbes.	1580
Lélex à Sparte. Cécrops, Érichthée d'Athènes.	Lélex est dit roi de Sparte. Cécrops arrive d'Égypte en Attique, il gouverne avec sagesse et écrit ses lois.	1579 · 1567
15 — Moïse.	Moïse, sauvé des eaux par la fille de Pharaon, tire son éducation de la terre de servitude; il fait passer la mer Rouge à pied sec, et donne, sous l'inspiration de Dieu, les dix commandements sur le mont Sinaï; il meurt en vue de la terre promise, sans pouvoir y entrer avec son peuple.	1491
Josué.	Josué succède à Moïse, et parvient à conduire les Hébreux dans la terre promise; il prend Jéricho et partage ses conquêtes entre les douze tribus.	1424
14 — Janus ou les Étrusques.	Janus, roi des Étrusques, personnage fabuleux représenté avec une tête à deux faces, dont l'une regarde en avant dans l'avenir, tandis que l'autre regarde en arrière dans le passé; il règne en Italie.	1398
Othoniel, juge d'Israël.	Othoniel, juge d'Israël, réunit la puissance théocratique et gouverne son peuple avec sagesse pendant 40 ans.	1399

SIÈCLES avant J.-C.	ÉVÉNEMENTS.	ORDRE chronologique avant J.-C.
14 — Les mystères de Cérès.	Le culte de la déesse Cérès est environné de mystères, et l'on n'était admis dans son temple d'Éleusis que par initiation.	1356
13 — Jason dans la Colchide.	Jason, prince thessalien, part pour faire la conquête de la Colchide; c'est l'expédition des Argonautes.	1296
Gédéon, juge d'Israël.	Gédéon, vainqueur des Madianites, gouverne sagement son peuple comme juge.	1245
12 — Prise de Troie.	La guerre de Troie fut causée par l'enlèvement que Pâris fit d'Hélène, femme de Ménélas, roi de Sparte; la Grèce alors se précipita tout entière sur l'Asie, ayant pour chef Agamemnon, frère de Ménélas. Après un siège de dix ans, Troie est entièrement détruite.	1184
Samson, juge des Israélites.	Samson, juge des Israélites, se signale contre les Philistins; mais étant tombé en leurs mains, il est cruellement captif; cependant, grâce à sa force prodigieuse, il ébranle les colonnes du temple qui s'écroule sur les principaux de la nation et ensevelit Samson avec ses ennemis.	1117
11 — Samuel, juge.	Samuel, XIVe et dernier juge, choisit un roi à l'instigation du peuple et sacre Saül, dont la conduite est désapprouvée par Dieu, de sorte qu'à la mort de Saül, son gendre David, le mari de Michol, est proclamé roi.	1085

SIÈCLES avant J.-C.	ÉVÉNEMENTS.	ORDRE chronologique avant J.-C.
11 — David, roi. Salomon. Le culte d'Éolus.	À la mort de David, son fils Salomon lui succède et se rend célèbre par le temple qu'il fait construire à Jérusalem, selon le plan conçu par David, son père. — La reine de Saba va lui rendre visite.	1001
	Homère chante la guerre de Troie.	900
10 — Roboam, roi de Juda.	Les peuples, écrasés d'impôts après la mort de Salomon, se soulèvent contre Roboam, son fils. Dix tribus choisissent Jéroboam et forment le royaume d'Israël, dont la capitale fut Samarie; les tribus de Juda et de Benjamin forment le royaume de Juda, qui, étant seulement composé de deux tribus, avait cependant presque la même population que le royaume d'Israël.	963
9 — Lycurgue, législateur de Sparte.	Lycurgue donne à Sparte les meilleures lois, établit un sénat, une assemblée générale et un tribunal de cinq éphores, et mérite, par sa sagesse, de donner le nom à son siècle.	872
Didon, sœur de Carthage.	Didon, princesse de Tyr, fuyant la cruauté de son frère, arrive en Afrique et y fonde la ville de Carthage.	870
Athalie, reine d'Israël.	Athalie, reine d'Israël, se rend célèbre par ses crimes, et ordonne l'extermination de la race de David; elle perd la vie dans un tumulte populaire.	870

Synchronisme du VIIIe siècle avant J.-C.

SIÈCLES avant J.-C.	ÉVÉNEMENTS.	ORDRE chronologique avant J.-C.
8 — Olympiades.	L'Olympiade était une manière de compter les années chez les Grecs; chaque Olympiade renfermait un espace de quatre ans, et la célébration des jeux avait lieu dans la ville d'Olympie. (Formule. — Les lutteurs dans la première Olympiade) (1).	776
Sardanapale.	Sardanapale est assiégé dans Ninive par Arbacès et Bélésis, chefs des Mèdes et des Babyloniens révoltés, et il se brûle dans son palais avec ses trésors: du démembrement du vaste empire d'Assyrie se forment trois nouveaux empires, ceux de Médie, de Babylone et de Ninive. (Formule. — Arbacès et Bélésis jurent la ruine de Sardanapale.)	770
Phul, roi de Ninive. Manahem, roi d'Israël.	Phul, roi de Ninive, marche contre Manahem, roi d'Israël, qui consent de payer au roi assyrien un tribut de 1,000 talents d'argent. (Formule. — Phul, roi de Ninive, prend l'épée contre Manahem.)	765
Romulus, fondateur de Rome. Rémus.	Rhéa Sylvia, malgré ses vœux, donne le jour à deux jumeaux, Romulus et Rémus; Romulus, voulant plus tard se défaire de son frère, le tue et fonde la ville de Rome. Pour la peupler, il invite les Sabins à des fêtes et fait enlever leurs femmes. (Formule. — Le grand prêtre reçu par Romulus.)	753

(1) Il faut choisir à chaque formule un être représentant...

SIÈCLES avant J.-C.	ÉVÉNEMENTS.	DATE avant J.-C.
8 Ère de Nabonassar.	Nabonassar se rend célèbre à Babylone par son ère, qui commence le 26 février de l'année . . . . . . (Formule. — *Nabonassar montre son ère.*)	747
Guerres entre Sparte et Messène.	La rivalité entre Sparte et Messène est la cause de sanglantes guerres entre ces deux nations; la première est excitée par l'outrage que les Messéniens firent à des jeunes filles spartiates. — Aristodème est le héros de la première guerre, Aristomène de la seconde. (Formule. — *Un Spartiate prend l'arc contre Messène.*)	738
Salmanasar, roi de Ninive, détruit le royaume d'Israël.	Salmanasar, roi de Ninive, détruit le royaume d'Israël et fait enchaîner Osée, dernier roi. (Formule. — *Osée, dernier roi d'Israël, montre le cou d'or.*)	721
Assar-Haddon, fils de Sennachérib.	Assar-Haddon, fils de Sennachérib, après la mort de son père s'empare de la couronne d'Assyrie. (Formule. — *Assar-Haddon prend le sceptre de Babylone.*)	710
Déjocès, roi de Médie.	Déjocès gouverne les Mèdes avec tant de sagesse, qu'il se fait nommer roi. (Formule. — *Déjocès prend le sceptre de Médie.*)	710
Numa Pompilius, roi de Rome.	Numa Pompilius, d'origine sabine, succède à Romulus après un interrègne de quelque temps. Il est appelé le roi pacifique qui classa les Romains en corps de métiers, sans	714

SIÈCLES avant J.-C.	ÉVÉNEMENTS.	DATE avant J.-C.
8	distinction: voyant un jour un écusson tombé à terre, il voulut en connaître la révélation, et les prêtres lui firent savoir qu'à la même place devait surgir une ville qui donnerait ses lois à tout le monde connu. (Formule. — *Numa Pompilius indique que l'écusson tombé du ciel.*)	
7 Assar-Haddon, roi d'Assyrie.	*Syndérisme du VIIe siècle avant J.-C.* Assar-Haddon, roi d'Assyrie, profitant du mécontentement du peuple de Juda (gouverné alors par Manassé, fils d'Ézéchias), marche contre Jérusalem, et son armée, trouvant le roi de Juda caché dans une forêt, s'empare de lui. (Formule. — *L'épée de l'Assyrie sur le sceptre couronné de Manassé.*)	698
Tullus Hostilius, roi de Rome.	Tullus Hostilius succédant à Numa, se rend maître d'Albe-la-Longue et la réunit à ses États. (Formule. — *L'épée de Tullus Hostilius sur les couronnes de Rome et d'Albe.*)	688
Psammétique, roi d'Egypte.	Après le règne de Séthon, l'Égypte est gouvernée pendant 18 ans par douze chefs qui se partagèrent en douze provinces. — Psammétique, avec l'aide des Grecs, se rend maître absolu de toute l'Égypte. (Formule. — *L'épée prise par Psammétique, seul roi d'Egypte.*)	670

SIÈCLES avant J.-C.	ÉVÉNEMENTS.	DATE avant J.-C.
7 Les Horaces et les Curiaces.	Pour décider la question entre Rome et Albe, les trois Curiaces se présentèrent avec les trois Horaces, et quoique deux le combattirent le seul Horace, resté vivant, vainquit ses adversaires, en les combattant séparément. Ainsi la victoire se déclara pour les Romains. (Formule. — *Les épées des Horaces et des Curiaces.*)	669
Ancus Martius, roi de Rome.	Ancus Martius, 4e roi de Rome, succède à Tullus Hostilius et fait renaître l'esprit de paix en favorisant l'agriculture, qui avait été abandonnée par les guerres continuelles pendant le règne de son prédécesseur; et aussi se rend digne de l'estime et de l'affection générales. (Formule. — *L'épée tenue par Ancus Martius, quatrième roi de Rome.*)	680
Josias, roi de Juda.	Pendant le règne d'Amon, le peuple de Juda s'adonna à l'idolâtrie, et une réforme est nécessaire. — Le grand prêtre trouve dans le temple le livre de la loi, et le jeune Josias ordonne de détruire les autels des faux dieux. (Formule. — *L'épée de Josias, roi de Juda, sur le livre de la loi.*)	644
Cyaxare, roi des Mèdes et des Perses.	Cyaxare, roi des Mèdes et des Perses, repousse les Scythes qui avaient envahi ses États; fait la guerre aux	635

SIÈCLES avant J.-C.	ÉVÉNEMENTS.	DATE avant J.-C.
7 Alyatte, roi de Lydie.	Assyriens, et, après la destruction de Ninive, marche contre Alyatte II, roi de Lydie, et l'ayant vaincu, établit une alliance avec lui. (Formule. — *L'épée de Cyaxare sur l'arc d'Alyatte, roi de Lydie.*)	635
Nabopolassar, roi de Babylonie.	Nabopolassar s'allie avec Cyaxare pour détruire Ninive, régie par Sarac; il fonde ainsi le second empire Assyro-Babylonien, puis fait la guerre à Néchao II, fils de Psammétique, roi d'Egypte; mais la lutte reste indécise. (Formule. — *L'épée de Nabopolassar, roi de Babylone, lutte contre le chameau de Néchao II.*)	626
Les Étrusques soumis à Rome par Tarquin l'Ancien.	Les Étrusques sont soumis aux Romains sous le règne de Tarquin l'Ancien. (Formule. — *L'épée des Étrusques aux pieds de Tarquin l'Ancien.*)	616
Néchao II battu par Nabuchodonosor.	Nabuchodonosor II, successeur de Nabopolassar, bat à Circésium le roi d'Egypte Néchao II. (Formule. — *L'épée de Néchao sous la couronne de Nabuchodonosor.*)	606
Nabuchodonosor.	Le royaume de Juda, affaibli par des discordes continuelles, tombe, comme celui d'Israël, au pouvoir des Assyriens: Nabuchodonosor II, roi de Babylone, fait le siège de Jérusalem, et s'en em-	605

SIÈCLE avant J.-C.	ÉVÉNEMENTS.	DATES CHRON. avant J.-C.	SIÈCLE avant J.-C.	ÉVÉNEMENTS.	DATES CHRON. avant J.-C.	SIÈCLE avant J.-C.	ÉVÉNEMENTS.	DATES CHRON. avant J.-C.	SIÈCLE avant J.-C.	ÉVÉNEMENTS.	DATES CHRON. avant J.-C.
7 Fin du royaume de Juda	pare de la ville et il ombre en esclavage toute la population juive. (Formule. — L'épée de Nabuchodonosor II par la couronne du royaume de Juda.)	606	6 Pisistrate à Athènes	sassiné par ordre de sa fille Tullia et de Tarquin le Superbe. (Formule. — Servius Tullius vaincu la nouvelle de la conspiration.) Pisistrate, parent de Solon, s'empare du pouvoir à Athènes; il est plusieurs fois chassé et rappelé; cependant il respecte la constitution et laisse le trône à ses deux fils, Hipparque et Hippias. (Formule. — Pisistrate tient l'épée à Athènes.)	561	6 Zorobabel	Mineure; il accorde aux Juifs la permission de retourner dans leur patrie, et Zorobabel fait reconstruire le Temple de Jérusalem. (Formule. — Cyrus tient l'arc de Balthazar à Babylone.)		5 Le peuple de Rome au Mont-Sacré	Synchronisme du Ve siècle avant J.-C. — A cause de la misère, le peuple Romain se retire sur le Mont-Sacré, à peu de distance de Rome, espérant pouvoir obtenir de meilleures lois. (Formule. — Les Romains se portent avec le drapeau sur le Mont-Sacré.)	493
6 Solon	Lydurnisme du VIe siècle avant J.-C. Solon cherche à corriger les lois sanglantes de Dracon, en établissant un sénat composé de 400 membres annuels; il décrète une constitution et compose un gouvernement mêlé d'aristocratie et de démocratie. (Formule. — Solon tient le style pour écrire ses lois.)	594	Nitocris, Balthazar à Babylone	La reine Nitocris ordonne la construction d'un pont sur l'Euphrate, et Balthazar, se croyant assuré sur le trône de Babylone, ne s'occupe que de ses festins et de ses plaisirs, jusqu'à outrager le Temple. (Formule. — Balthazar et Nitocris sur le trône de Babylone.)	550	Tarquin le Superbe, roi de Rome	Après la mort violente de Servius Tullius, Tarquin le Superbe est élu roi de Rome.	534	Bataille de Marathon	Excité par Hippias, Darius, roi de Perse, porte la guerre en Grèce; mais les Perses sont vaincus à Marathon. Hippias, qui avait pris les armes contre sa patrie, meurt en combattant les Grecs. (Formule. — Les Perses perdent le drapeau à Marathon.)	490
Nabuchodonosor	Nabuchodonosor II, après s'être emparé de la ville de Jérusalem, place sur le trône de Juda Sédécias, à la place de Joachim; mais bientôt le roi de Juda est attaqué par le roi Assyrien, qui le fait prendre, enchaîner, et conduire à Babylone. (Formule. — Sédécias enchaîné à Babylone.)	587	Crésus, dernier roi de Lydie	Cyrus porte d'abord la guerre en Lydie, dont le dernier roi, Crésus, tombe en son pouvoir; il ordonne de le faire brûler vif; mais, touché de compassion en entendant prononcer à l'informé Crésus son expression qu'il tenait de Solon, il lui fait grâce. (Formule. — Crésus tient les fables d'Ésope.)	547	Cambyse, roi d'Égypte	Cambyse, fils et successeur de Cyrus, s'empare de l'Égypte sur Psammétique et abat la divinité égyptienne (le boeuf Apis). (Formule. — Cambyse tient à ses pieds le boeuf Apis.)	525	Coriolan, Les Volsques, Véturie	Le fier patricien, Coriolan, exilé de Rome, marche avec les Volsques contre sa patrie; mais il ne peut résister aux larmes de sa mère, Véturie. (Formule. — Les Volsques portent l'écusson et le casque à Coriolan.)	487
Servius Tullius	Quoique fils d'un captif, Servius Tullius, par la protection de la femme de Tarquin l'Ancien, qui lui donne sa fille en mariage, parvient à obtenir la couronne de Rome après la mort de son beau-père; il soutient avec vigueur plusieurs guerres, et lorsqu'il se préparait à rétablir la république, il est as-	578	Cyrus, Nabonide à Babylone	Après la conquête de Lydie, Cyrus marche contre Babylone, détruit le royaume de Balthazar et fait plusieurs conquêtes dans l'Asie	538	Hippias, Hipparque, fils de Pisistrate	Après la mort de Pisistrate, Hipparque et Hippias (ses deux fils) règnent, mais l'un est tué par Aristogiton et Hippias est obligé de quitter sa patrie. (Formule. — Le navire qui débarque Hippias loin d'Athènes.)	509	Lucrèce, Collatin, Brutus, Tarquin	Par le despotisme de Tarquin le Superbe, la royauté est abolie à Rome; la femme de Collatin, Lucrèce, est outragée par le fils du roi; elle se donne la mort: Brutus et Collatin jurent d'expulser les Tarquins; ils sont nommés consuls, et la république est proclamée. (Formule. — Brutus tient à terre la couronne de Tarquin le Superbe.)	509	Bataille des Thermopyles, Léonidas, Les 300 Spartiates	A Darius succède Xerxès Ier, son fils; il cherche à réparer l'affront de l'armée perse dans la plaine de Marathon, et dirige de nouveau ces troupes vers la Grèce; Thémistocle triomphe sur les Perses en détruisant la flotte ennemie à Salamine, et la valeur de Léonidas, avec ses 300 Spartiates, arrête les Perses aux Thermopyles; mais ces défenseurs de la Grèce tombent courageusement.	480

RÉCITS avant J.-C.	ÉVÉNEMENTS.	DATES chronolog. avant J.-C.	SIÈCLES avant J.-C.	ÉVÉNEMENTS.	DATES chronolog. avant J.-C.	RÉCITS avant J.-C.	ÉVÉNEMENTS.	DATES chronolog. avant J.-C.	RÉCITS avant J.-C.	ÉVÉNEMENTS.	DATES chronolog. avant J.-C.
5	Thémistocle défait l'armée ennemie à Salamine, et, pour récompense, il est exilé de la Grèce. Les Véiens taillent en pièces les trois cent six Fabius auprès du fleuve Crémère, et, en Grèce, la lutte continue contre les Perses à Platée et à Mycale. (Formule. — Les trois cent six commandés par Marcus Fabius.)	480 477	5 Guerre de Péloponèse	La jalousie de Sparte et d'Athènes fait éclater la guerre du Péloponèse qui dura 27 ans. Une querelle entre Corcyre et Corinthe en est la cause. (Formule. — Les Spartiates avec l'arc pour la guerre du Péloponèse.)	431	5 De Brennus.	Brennus, chef des Gaulois, écrase les Romains sur le bord de l'Allia, entre dans Rome et fait le siège du Capitole qui est sauvé par Manlius. — Les Romains, pour obliger Brennus de s'éloigner, consentent à lui payer une rançon; mais Camille retourne de l'exil et taille en pièces l'armée gauloise. (Formule. — L'arc de Camille sur les balances des Gaulois.)	383	4 Timoléon, de Sicile.	(Formule. — L'arc de la quintuple véritomus par Philippe II, roi de Macédoine.) Timoléon, général corinthien, arrive en Sicile pour délivrer les Syracusains de la tyrannie de Denys; il rétablit l'ordre et après il abdique le pouvoir. (Formule. — L'arc et l'abdication de Timoléon.)	348
	Cimon, fils de Miltiade, après s'être distingué à la bataille de Salamine, se porte dans l'Asie Mineure, et obtient sur les Perses, dans un même jour, deux victoires célèbres sur mer et sur terre; mais étant rival de Périclès, il est exilé par l'ostracisme, et ensuite rappelé pour aller au secours des Lacédémoniens. (Formule. — Les Athéniens portent l'épée à Cimon.)	468		Une paix de 50 ans est proposée par Nicias entre Sparte et Athènes. (Formule. — La paix de cinquante ans regardée par la chouette.)	420		La victoire de Leuctres et les invasions dans le Péloponèse portent à un haut degré la réputation d'Épaminondas; mais, quoique vainqueur, il tombe à Mantinée, et Thèbes retombe avec lui dans l'obscurité. (Formule. — L'arc pris par Épaminondas à Leuctres.)	371		Alexandre le Grand détruit Thèbes révoltée, triomphe des Perses au Granique, tranche le nœud gordien, bat Darius à Issus; il soumet l'Asie Mineure, s'empare de Tyr, de la Palestine, de l'Égypte, où il fonde Alexandrie. (Formule. — L'arc et l'ablentions de Timoléon.)	333
				Alcibiade, banni comme sacrilège, est rappelé par les Athéniens, puis renvoyé une seconde fois en exil; il y meurt en combattant les Perses. (Formule. — Les Athéniens reçoivent Alcibiade en triomphe.)	411 404		Sourd aux avertissements de Platon, Denys le Jeune s'abandonne à la débauche, et les Syracusains se soulèvent contre sa tyrannie. (Formule. — L'arc et l'épée de Denys le Jeune à Syracuse.)	366		Vainqueur à Arbèles, il prend Babylone, Suse, Persépolis, Ecbatane; il bat les Scythes et Porus, et il voudrait franchir l'Hydaspe; mais ses soldats refusent de le suivre; et lui, noyant son ambition dans l'orgie, revient mourir dans Babylone à l'âge de 32 ans. (Formule. — Les arcs d'Alexandre le Grand en Asie.)	331 324
	Quintus Cincinnatus, tiré de la charrue, est nommé consul dictateur; il est vainqueur des Éques, et retourne ensuite aux champs; la république romaine change de forme et passe au pouvoir des Décemvirs. (Formule. — Les députés de Rome reçus par Quintus Cincinnatus.)	456		Les sages de la Grèce, jaloux de la réputation de Socrate, l'accusent de corrompre la jeunesse et de parler contre les dieux d'Athènes, parce que le grand philosophe propage les idées du monothéisme (en seul Dieu); les trente tyrans le condamnent à mourir par la ciguë. (Formule. — Les trente tyrans portent la tasse de ciguë à Socrate.)	400		Les guerres sacrées ont pour prétexte la défense du temple d'Apollon à Delphes, et ce prétexte ouvre les portes de la Grèce à Philippe II, roi de Macédoine, qui bat les Thébains et les Athéniens à Chéronée. — Philippe est assassiné par Pausanias sans pouvoir réaliser ses projets.	338		Les Romains, lorsqu'ils écrasèrent les Latins, tournèrent leurs armes contre les Samnites et les Étrusques; mais les Samnites firent passer les Romains sous le joug aux fourches Caudines. (Formule. — L'arc des Samnites arrêtant l'aigle romaine.)	321
	Les Athéniens sont maîtres de l'île de Samos; mais, dans un tumulte, l'armée d'Athènes est chassée de Samos. (Formule. — Les Athéniens rotierus par les soldats de Samos.)	443	4	Synchronisme du IVe siècle avant J.-C. La ville de Véies est soumise après un long siège par Camille; mais ce général, accusé de s'être emparé du butin et des dépouilles, est exilé de Rome. (Formule. — L'arc et le drapeau de Camille à Véies.)	399						

SIÈCLE Avant J.-C.	ÉVÉNEMENTS.	DATE chronologique avant J.-C.	SIÈCLES avant J.-C.	ÉVÉNEMENTS.	DATE chronologique avant J.-C.	ÉVÉNEMENTS.	DATE chronologique avant J.-C.	SIÈCLES avant J.-C.	ÉVÉNEMENTS.	DATE chronologique avant J.-C.
4 Agathocle, roi de Syracuse	Fils d'un pauvre potier, Agathocle s'élève par ses talents et par ses intrigues, du rang de simple soldat à celui de général; il se fait ensuite nommer roi de toute la Sicile, où il exerce les cruautés les plus horribles. (Formule. — L'art et le sceptre d'Agathocle à Syracuse.)	317	3 Première guerre punique.	La première guerre Punique éclate entre Rome et Carthage à propos de la Sicile; les habitants de Messine appellent les Romains à leur secours. (Formule. — L'aigle romaine prend l'épée contre Carthage.)	264	Annibal, fils d'Hamilcar, attaque et prend Sagonte, alliée des Romains; il passe les Pyrénées et traverse les Alpes; il gagne les batailles du Tésin, de la Trébie, de Trasimène, mais Fabius sauve Rome par sa prudence; Varron perd la bataille de Cannes; les délices de Capoue énervent le héros Carthaginois et le patrie le rappelle en Afrique. (Formule. — L'aigle de la république romaine prend la lance contre Annibal.)	218	2 Paul Émile bat Persée.	Paul Émile oblige de céder la Macédoine aux Romains. (Formule. — Persée contraint par Paul Émile à céder la Macédoine.)	178
	À la mort d'Alexandre le Grand, son empire est divisé parmi ses généraux, et Ptolémée Soter, fils de Lagus, obtient l'Égypte. (Formule. — L'art et la couronne de Ptolémée Soter en Égypte.)	304	Aratus, origine de la ligue achéenne.	Pour défendre la liberté grecque, Aratus forme la ligue Achéenne et y fait entrer la plupart des villes grecques. (Formule. — La chouette tenue par Aratus.)	250		247	Judas Machabée.	Judas Machabée lutte avec courage et succès contre les Syriens sous Antiochus Épiphane, Antiochus Eupator, Démétrius Soter, et abat les autels des idoles; mais il tombe enfin après des prodiges de valeur. (Formule. — Judas Machabée avec l'épée d'Israël.)	161
3 Démétrius Poliorcète. Époque d'Épicure.	Démétrius Poliorcète, fils d'Antigone, prend le titre de roi d'Asie; mais il est vaincu à la bataille d'Ipsus par les successeurs d'Alexandre le Grand. (Formule. — La chouette regardant le drapeau de Démétrius Poliorcète.)	299	Ptolémée Évergète.	Ptolémée Évergète (bienfaiteur) gouverne l'Égypte, fait une expédition en Syrie et revient victorieux, avec plusieurs idoles. (Formule. — L'ibis regardant la caisse des idoles.)	243	Marcellus est tué dans une embuscade dressée par Annibal aux environs de Syracuse. (Formule. — L'aigle romaine regardant l'urne contenant les cendres de Marcellus.)	216	Ptolémée Philométor.	Ptolémée Philométor est obligé de demander du secours aux Romains et de quitter l'Égypte. (Formule. — Ptolémée Philométor s'embarque pour Rome.)	166
Ptolémée Philadelphe. Époque grecque des Septante.	Ptolémée Philadelphe fait périr ses frères et domine l'Égypte; il ordonne à des savants de faire la traduction appelée des Septante. (Formule. — L'ibis regardant les couronnes de Ptolémée Philadelphe.)	288	Hamilcar en Espagne, après la première guerre punique.	Hamilcar, père d'Annibal, tient pendant longtemps les Romains en échec; mais une flotte carthaginoise est battue près des îles Égades et un traité donne à Rome la Sicile. (Formule. — L'aigle de la république romaine avec l'arc des Carthaginois.)	238	Sous le prétexte de défendre la liberté grecque, le consul Flaminius est envoyé par la république romaine en Grèce. (Formule. — Le consul Flaminius avec le drapeau de la république en Grèce.)	198	Destruction de Carthage. Scipion l'Africain.	Masinissa dirige contre Carthage plusieurs attaques sans succès. Rome, sous le prétexte que le traité avec les Carthaginois a été violé, décrète de nouveau la guerre aux Carthaginois, et Scipion l'Africain reçoit ordre du sénat de détruire la ville de Carthage. (Formule. — Scipion observe les ruines de Carthage.)	146
Cassandre. Reconstruction de Thèbes.	Cassandre ordonne la reconstruction de la ville de Thèbes qui était presque détruite par Alexandre le Grand. (Formule. — Publication pour la reconstruction de la ville de Thèbes.)	270	Polybiade. Supériorité de Sparte.	Sparte perd sa prépondérance et tombe sous la domination macédonienne. (Formule. — Le sceau de Sparte sous le casque macédonien.)	220	Philopœmen. Origine du Grèce.	Philopœmen, dit-il dernier des Grecs, est enchaîné par ordre de Dinocrate, préteur des Messéniens. (Formule. — Philopœmen enchaîné.) Persée perd par son avarice ses alliés, et son armée par son lâcheté.	180	Prise de Corinthe. Achéens.	Les Achéens, réduits à leurs seules forces, osent provoquer les Romains, et Mummius prend Corinthe dont il envoie les chefs-d'œuvre à Rome. (Formule. — Enina avec l'arc pour faire la guerre aux Romains.)	148
								Eunus, chef des esclaves.	Eunus se met à la tête des esclaves en Sicile et fait la guerre aux Romains, mais sans succès. (Formule. — Eunus avec l'arc pour faire la guerre aux Romains.)	134

SIÈCLE avant J.-C.	ÉVÉNEMENTS.	ORDRE CHRONOLOGIQUE avant J.-C.	SIÈCLE avant J.-C.	ÉVÉNEMENTS.	ORDRE CHRONOLOGIQUE avant J.-C.	SIÈCLE avant J.-C.	ÉVÉNEMENTS.	ORDRE CHRONOLOGIQUE avant J.-C.
2 Caïus Gracchus. La loi agraire.	Caïus Gracchus, élu tribun à Rome, fait passer la loi agraire, appelle le peuple au droit de suffrage, fait partager aux chevaliers le pouvoir judiciaire et, demandant des terres pour les citoyens indigents, se rend populaire, mais laisse son œuvre incomplète, en touchant seul au maniment. (Formule. — Caïus Gracchus regardant la bourse de Rome.)	120	1 Spartacus.	Rome à la tête d'une armée et exerce de sanglantes proscriptions. (Formule. — La chaise de Marius.) Spartacus, le déserteur repris et vendu, réduit en esclavage, rompt ses fers et s'élance à la tête de 74 de ses compagnons en criant : Vengeance! c'est le principe de la seconde guerre des esclaves en Italie. Spartacus fit des prodiges de valeur, mais enfin, reculé par Crassus et écrasé par le nombre, il tomba en héros à la bataille du Silaro. (Formule. — Spartacus indignant le chemin de la gloire.)	71	1	leurs concitoyens, l'immolent au milieu du sénat. (Formule. — Les conspirateurs de César.)	
Marius. Jugurtha.	Rome déclare la guerre à Jugurtha, et Marius, lieutenant de Métellus, le bat; Jugurtha livré aux Romains meurt dans les cachots. (Formule. — Marius conduit Jugurtha prisonnier à Rome.)	110				Octave, cousin et neveu, le triumvirat. La conquête de l'Égypte.	Un décret du sénat fait reconnaître Octave, fils adoptif de César, et compose le second triumvirat d'Antoine, de Lépide et d'Octave.	43
Aristobule, roi d'Israël.	Aristobule, prince juif, succède à son père Hyrcan comme grand-prêtre et prend le titre de roi, mais il ne régna qu'un an. (Formule. — Aristobule avec la couronne d'Israël.)	107	Pompée, Mithridate, César, Crassus et Pompée. Conquête de Judée.	César, Crassus et Pompée, composent le premier triumvirat, et César se fait donner pour cinq ans le gouvernement des Gaules; Pompée porte la guerre la Judée. (Formule. — L'épée de Pompée en Judée.)	63 64	Mort de Cléopâtre.	Cléopâtre est éloignée. Antoine, réduit par l'ambitieuse Cléopâtre, reine d'Égypte, est défait par Octave à la bataille d'Actium. Cléopâtre, pour échapper au triomphe, meurt en se faisant piquer par un aspic et l'Égypte est réduite en province romaine. (Formule. — L'ève pour la bataille d'Actium.)	30
1 Sylla.	Spartacus au Ier siècle avant Jésus-Christ. Sylla reçoit le commandement de l'armée destinée à agir contre Mithridate, roi de Pont; il prend Athènes, gagne la bataille de Chéronée et obtient des succès en Asie. (Formule. — Le drapeau de Sylla.)	96	César soumet l'Espagne, les Belges, etc. Conquête des Gaules.	César soumet l'Espagne, les Belges, fait deux descentes en Bretagne, retourne en Gaule et la soumet entièrement. (Formule. — Le couvre-pour la conquête de Jules César.)	58 56 55	Octave empereur prend le nom d'Auguste.	Après la bataille d'Actium, Octave est nommé, par l'armée, empereur et prend le nom d'Auguste. (Formule. — L'aigle de Rome et le sceptre couronné d'Auguste.)	29
Marius.	Marius, chassé de Rome par Sylla, passe en Afrique, puis revient en Italie, rappelé par le consul Lucius Cinna avec lequel il rentre dans	84	César à Pharsale contre Pompée. Naissance de Jésus-Christ.	César, victorieux à la bataille de Pharsale contre Pompée son rival, parcourt l'Égypte, l'Asie, l'Espagne et entre à Rome victorieux; il allait établir l'empire, quand Brutus et Cassius, croyant affranchir	48 44	Auguste empereur. Tibère.	Auguste emploie son règne à fortifier son pouvoir dans le sens monarchique, ferme le temple de Janus, et adopte Tibère pour son successeur. (Formule. — Tibère.)	14

Siècle après J.-C.	CARACTÈRE DES SIÈCLES.	FORMULES.	Siècle après J.-C.	CARACTÈRE DES SIÈCLES.	FORMULES.
1	Les douze Césars ou la tyrannie : Auguste, Tibère, Séjan, Germanicus, Néron, Vespasien, Titus, etc.		7	Mahomet, Omar, Ali, Pépin d'Héristal.	
			8	Charlemagne.	
			9	Egbert, Rurik. Fondation des États d'Allemagne, de Russie et d'Angleterre.	
2	Adrien, Antonin, Marc-Aurèle. (La paix.)		10	L'ignorance.	
			11	Puissance de la féodalité.	
3	Caracalla, Alexandre Sévère, Aurélien, Zénobie, etc. (L'anarchie militaire.)		12	Premières croisades.	
			13	Dernières croisades.	
			14	Invention de la poudre à canon et du papier.	
4	Constantin le Grand, Théodose, etc. (Division de l'empire romain en Orient et en Occident.)		15	Colomb ou les découvertes maritimes.	
			16	Différentes réformes religieuses.	
			17	Louis XIV. Les arts en France.	
5	Invasion des barbares.		18	Révolution française.	
			19	Napoléon Ier.	
6	Justinien, Alboin, etc.		19	Grande Exposition de Londres et de Paris.	

SIÈCLES après J.-C.	ÉVÉNEMENTS.	ORDRE chronologique après J.-C.	DATES après J.-C.	ÉVÉNEMENTS.	ORDRE chronologique après J.-C.	SIÈCLES après J.-C.	ÉVÉNEMENTS.	DATES après J.-C.	DATES après J.-C.	ÉVÉNEMENTS.	ORDRE chronologique après J.-C.
	Ip. précédentes du 1er siècle après J.-C.		1 Agrippine Claude Claude Néron Britann.	père, il adopte Néron qu'elle avait eu de son premier mari, et pour récompense, il meurt empoisonné par cette même Agrippine, après avoir laissé commettre toutes sortes de crimes et de déprédations sous son règne.	49	1 Sous Tibère	(Formule. — Titus indiquant Jérusalem.) Titus l'Ancien s'approchant, pour voir l'éruption du Vésuve y perd la vie. A la mort de Vespasien, son fils Titus lui succède.	79	9 Julius selon les formules Adrien, gouv. en Syrie, etc.	Adrien, successeur de Trajan, visite les Gaules, la Germanie et la Bretagne et fait construire la grande muraille de Carlisle à Newcastle pour la défense de la Bretagne; il voyage pendant sept ans en Égypte, en Syrie, dans l'Asie Mineure et dans la Grèce; il va en Afrique et fait relever Carthage.	120
1 Tibère évacuation	Tibère succède à Auguste. (Formule. — Tibère.) Germanicus, son neveu, triomphe d'Hermann en Germanie; les légions romaines l'ayant proclamé empereur, Tibère envoie Pison pour l'empoisonner. (Formule. — L'aigle impériale se révolte en Germanie.) Une voix crie dans le désert: Préparez-vous; le Sauveur s'approche; c'est saint Jean-Baptiste.	14 49 20 29	Agrippine	(Formule. — Le cens établi à Rome par Claude.) Agrippine, qui avait empoisonné Claude en récompense de l'empire qu'il laissait à Néron, à l'exclusion de Britannicus, fils de Claude et de Messaline; Agrippine est à son tour immolée par l'ingrat qui lui devait tout.	40	1 Titus Domitien Nerva	(Formule. — Le cens établi à Rome par Claude.) Domitien, frère de Titus, est dit empereur et régnit tout ce que ses prédécesseurs avaient d'odieux; il ordonne la seconde persécution des chrétiens. (Formule. — La chaîne de Domitien.) Pour fuir les persécutions contre les chrétiens, saint Jean se retire dans l'île de Pathmos, où, sous l'inspiration divine, il écrit son Apocalypse. Nerva gouverne avec sagesse.	81 92 96		Les Juifs se révoltent sous Barcochébas qui se dit l'envoyé de Dieu et le vrai Messie. Ils sont défaits et le mouvement se termine à la mort du faux prophète. (Formule. — Barcochébas regardant les eaux de la mer.)	131
Vie de Jésus-Christ	Le chef des prétoriens, Séjan, le favori de Tibère, et qui gouvernait à Rome tandis que le tyran, plongé à Caprée dans la plus infâme débauche, se soulevait la tête que pour envoyer par ordres de mort, conspire et il est étranglé. C'est sous le règne de Tibère que Jésus-Christ fut crucifié.	31 33	Origine 1re persécution contre les chrétiens	(Formule. — Néron assis sur le trône.) Corbulon, général romain, sous Claude et sous Néron, condamné à mort par ce dernier, se perce de son épée. (Formule. — L'épée de Corbulon.) Incendie de Rome; Néron ordonne la première persécution contre les chrétiens. Néron est forcé de se donner la mort.	53 63 64 65	2 Nerva Trajan Dace	Trajan, d'origine espagnole, est adopté par le vieux Nerva et lui succède; il porte la guerre en Dacie, tourne les Parthes et donne à son roi de son choix; la couronne de Décébalus. (Formule. — Trajan donne le royaume de Décébalus.)	98	2 Antonin Pieux Galien	Antonin le Pieux succède à Adrien; il se montre pendant toute la durée de son règne, dans ses principes comme dans ses actions, véritablement grand et noble; il fait cesser les persécutions contre toutes les religions. — Sous son règne Galien, qui s'était adonné d'abord à la philosophie, s'applique à la médecine et il s'arrête à Alexandrie pour étudier l'anatomie. (Formule. — Antonin commandant les ouvrages de Galien.)	140 143
Antonin vierge	Caligula, fils de Germanicus, et petit-neveu de Tibère, se montrait humain; mais, à la suite d'une maladie qui ôtera sa raison, il s'abandonne aux excès d'une démence furieuse. Claudius l'assassine. (Formule. — L'âne de Caligula.)	41		Galba lui succède, mais il est bientôt assassiné, et Othon, proclamé empereur, est vaincu par Vitellius de la populace, Vitellius est mis en pièces par elle, et Vespasien qui lui succède, laisse son Judée son fils qui détruit Jérusalem.	69 91 221	Splendeur du IIe siècle après J.-C.	Pline le Jeune, neveu et fils adoptif de Pline le Naturaliste ou l'Ancien, écrit le panégyrique de Trajan, tandis que Plutarque fait revivre les exploits des hommes illustres de l'antiquité. (Formule. — Pline et Plutarque.)	110 117		Apollonius Dyscole arrive à Rome, venant d'Alexandrie, pour se charger de l'éducation de Marc-Aurèle, fils adoptif d'Antonin le Pieux.	150
Caligula insensé Claude (amené à l'état)	Claude, nigaud empereur. D'abord gouverné par sa femme Messaline, qui le fait ensuite mettre à mort, puis il épouse sa nièce Agrippine.	41 48			79						

DATES après J.-C.	NOMS	ÉVÉNEMENTS	DATES après J.-C.	NOMS	ÉVÉNEMENTS	DATES après J.-C.	NOMS	ÉVÉNEMENTS	DATES après J.-C.	NOMS	ÉVÉNEMENTS	DATES après J.-C.
2		(Formule. — Apollonius Dyscole se présente à Antonin.)		Septime Sévère et successeurs	Illyrie et le troisième en Bretagne. — Septime Sévère reste seul maître de l'Empire. (Formule. — Didius Julianus regardant le sceptre convoité de Rome.) Septime Sévère relève l'Empire par un règne assez ferme, fait la guerre aux Parthes, aux Bretons, et rétablit la muraille d'Adrien pour défendre la Bretagne romaine contre les irruptions des Pictes de l'Écosse; il meurt à York, et le cruel Caracalla, son fils, lui succède. (Formule. — Le léopard regardant la couronne de Septime Sévère.)	200 211	3	(Formule. — La louve regardant l'aigle d'Héliogabale.) Alexandre Sévère réforme les abus, rétablit la discipline, remporte des victoires sur les Germains et sur les Perses, mais il meurt assassiné par ses soldats en Gaule. — L'armée proclame empereur Maximin. (Formule. — L'aigle d'Alexandre Sévère avec l'arc de la nouvelle Perse.) A la mort de Maximin, régnent les deux Gordiens, mais ils sont vaincus par Maxime Pupien et Balbin. Gordien III est élu empereur et son pouvoir passe contre les mains de Philippe l'Arabe. (Formule. — L'aigle impériale avec le trident d'Origène.) Origène donne des preuves de la grandeur de son génie dès sa plus tendre jeunesse; son père, dénoncé comme chrétien, exhorte son fils à souffrir le martyre plutôt que de renoncer au christianisme. (Formule. — L'aigle impériale avec le trident d'Origène.) Le feu de la persécution contre les chrétiens s'était allumé sous Dèce, l'apôtre Paul se retire dans la campagne, mais dénoncé par son beau-frère, il s'enfonce dans les déserts de la Thébaïde et y passe le reste de sa vie. (Formule. — L'ibis tenu par Paul, premier ermite en Égypte.)	222 222 220 235 237 237 238 243 249 250	3	Gallus et Volusien obtiennent l'empire, mais il passe bientôt à Émilien qui le transmet à Valérien. Valérien, après avoir servi dans l'armée, prend la pourpre à la mort de Gallus, et ordonne la huitième persécution contre les chrétiens, combat avec succès les hordes barbares qui envahissaient les frontières. Il remporta quelques avantages sur Sapor, lorsque la trahison de son favori Macrin le fit tomber entre les mains du roi de Perse; au bout de quelques années de tortures Sapor le fit écorcher vif. Gallien, son fils, qu'il s'était associé, lui succède. (Formule. — L'aigle de Valérien vaincu par l'épée de Sapor.) Les armées en possession du droit de disposer de la couronne, nomment une quantité d'empereurs qui tombent successivement les uns après les autres. (C'est l'époque des trente tyrans.) Claude II, le Gothique, est nommé empereur; mais après deux ans la couronne passe au pouvoir de Quintillus et d'Aurélien. Aurélien remporte sur Zénobie, reine de Palmyre, les batailles d'Antioche et d'Émèse et l'empire de Palmyre. — Aurélien amène à Rome Zénobie, qui va vivre à Tiber. Aurélien meurt assassiné en pendant	251 252 253 260 260 268 270
Lucius Verus est associé à l'empire avec Marc-Aurèle dont il épouse la fille; il est envoyé contre les Parthes et il meurt dans le cours de cette expédition. (Formule. — Lucius Verus avec l'épée pour combattre les Parthes.)	161											
Marc-Aurèle arrête les Marcomans qui menaçaient d'envahir ses États; il pardonne aux Syriens excités à la révolte par Cassius, et termine un bel exercice par une victoire sur les Germains; il meurt peu de temps après et laisse le trône à Commode son fils. (Formule. — La lance prise par Marc-Aurèle contre les Marcomans.)	170 180											
3												
Commode succède à Marc-Aurèle; il se livre à toutes sortes de désordres, commet d'horribles cruautés, fait périr sa sœur et sa femme. Il se plaît à batter en public comme gladiateur; Marcia l'empoisonne. (Formule. — L'aigle regardant la massue.)	180 193			Caracalla tua son frère Géta entre les bras de sa mère, il désola les provinces qu'il traverse, fait un massacre effroyable des habitants d'Alexandrie; — Macrin, préfet du prétoire, l'assassine et règne un an. (Formule. — L'aigle impériale regardant la lance de Caracalla.)	211 217							
A la mort de Commode, le gouvernement est en proie à l'anarchie militaire. Didius Julianus, lorsque les soldats mirent but l'empire, Niger, Septime Sévère et Albinus le lui disputent; le premier est proclamé en Syrie, le second en	193 193			Héliogabale, fils naturel du Caracalla, est proclamé empereur et marche contre Macrin dont la défaite et la mort le laissent en possession de l'empire. Il adopte son cousin Alexandre, mais il veut ensuite s'en défaire; il est massacré par les prétoriens.	218							

Subdivision du IIIe siècle après J.-C.

DATES après J.-C.	ÉVÉNEMENTS.	ANNÉE	SIÈCLE après J.-C.	ÉVÉNEMENTS.	DATES après J.-C.	SIÈCLE après J.-C.	ÉVÉNEMENTS.	SIÈCLE après J.-C.	DATES après J.-C.	ÉVÉNEMENTS.	DATES après J.-C.
3	un interrègne de six mois, le sénat dispose du trône en faveur de Tacite, descendant de l'historien; mais bientôt Florien et Probus remplacent Tacite assassiné par ses soldats. (Formule. — *Proclamation d'Aurélien, de Zénobie, etc.*)	275 275	3	Dioclétien, à cause d'une maladie grave, abdique l'empire en faveur de Constance Chlore et de Galérius et se retire à Salone (Dalmatie), où il passe le restant de sa vie en simple particulier. (Formule. — *L'arc et la couronne de Dioclétien.*)	304	4	année et Constant. Constantin le Jeune trouve sa part trop petite, il attaque son frère Constant, mais il meurt à la bataille d'Aquilée. Constant est aussi tué dans une révolte suscitée par Magnence; vengeant son frère, bientôt Julien est reconnu empereur, Constance marche contre lui, mais il meurt en route. (Formule. — *Les langues divisées par les fils de Constantin.*)	4		il donne l'Orient. Ces deux empereurs luttent contre les barbares qui commencent à inonder l'empire; à la mort de Valentinien ses deux fils Gratien et Valentinien II, sont nommés empereurs. Ce dernier associe Théodose. (Formule. — *L'arc et l'épée de Valentinien Ier et Valens.*)	364
	Probus est en guerre avec les Germains, mais il cherche la paix; il fait peupler plusieurs villes par des prisonniers de guerre, et fait planter à ses soldats des vignes sur les collines du Rhin. Il est massacré et remplacé par Carus. (Formule. — *L'aigle de Probus avec le calice sur le Rhin.*)	280	4	Symbolisme du IVe siècle après J.-C.					339		Argobas assassine Valentinien II, et veut placer sur le trône Eugène; mais Théodose, vengeant la mort de l'empereur Valentinien, règne d'abord en Orient, et puis en Occident. (Formule. — *L'arc pris par Théodose.*)	379
	Carin et Numérien, fils de Carus, sont nommés césars. Numérien est assassiné, et Dioclétien le remplace.	282		Constantin le Grand, éclairé par une lumière céleste, obtient une victoire contre Maxence, près de Rome, où son rival périt. Il embrasse le christianisme, transporte la résidence de l'empire à Byzance qui prend le nom de Constantinople. (Formule. — *Les langues répandues par Constantin le Grand.*)	306 312		Athanase, l'un des plus célèbres Pères de l'Église grecque, est nommé patriarche d'Alexandrie; il se montre adversaire des Ariens qui le font déposer dans plusieurs conciles. (Formule. — *L'étoile sur la doctrine de saint Athanase.*)	340		Macédonius, patriarche de Constantinople, se fait chef d'une nouvelle hérésie en niant la divinité du Saint-Esprit. (Formule. — *L'étoile de Macédonius sur les heures à Jérusalem.*)	380
	Dioclétien, d'abord simple soldat, s'élève par son mérite à la charge du commandant des officiers du palais lorsqu'il est proclamé empereur à Nicomédie; il est forcé de prendre pour collègue Maximien. Ils nomment césars, Constance Chlore et Galérius, et à l'instigation de ce dernier, Dioclétien ordonne une sanglante persécution contre les chrétiens. (C'est l'ère des martyrs.) (Formule. — *Un martyr avec la palme.*)	284 294 jusqu'à 304		Aux persécutions contre les chrétiens, succèdent les hérésies; Arius combat la Trinité, nie la divinité de Jésus-Christ et il est condamné par le concile de Nicée; il revient ensuite à Constantinople auprès de Constantin qui le nomme patriarche d'Alexandrie; il se préparait pour y entrer en triomphe, mais il mourut soudainement. (Formule. — *L'étoile d'Arius, répandue par l'aigle de Constantin.*)	325		Saint Augustin, après une jeunesse orageuse et agitée, se convertit à l'âge de 32 ans. Il est nommé évêque d'Hippone en Afrique, où il meurt durant le siège de la ville par les Vandales. (Formule. — *L'étoile tenue par saint Augustin.*)	360		Théodose réunit pour un instant le monde romain, mais, avant de mourir, il en règle le partage définitif: il donne Rome à Honorius, et l'Orient à Arcadius, ses deux fils. (Formule. — *L'empire partagé par la plume de Théodose.*)	395
				A la mort de Constantin le Grand, l'empire est partagé entre ses trois fils: Constantin II le Jeune, Constant...	337		Julien abjure la religion chrétienne et meurt dans une expédition contre les Perses; Jovien est reconnu empereur, mais, après sa mort, le conseil des généraux proclame empereur Valentinien Ier qui associe son frère Valens auquel...	361		Les Goths font une irruption en Italie, mais leur chef, Radagaise, est vaincu et mis à mort par ordre de Stilicon, général d'Honorius. (Formule. — *Les Goths avec la couronne de Radagaise.*)	405 406

ANNÉES après J.-C.	ÉVÉNEMENTS.	ORDRE chronolog. après J.-C.	SIÈCLES après J.-C.	ÉVÉNEMENTS.	ORDRE chronolog. après J.-C.	ANNÉES après J.-C.	ÉVÉNEMENTS.	ORDRE chronolog. après J.-C.	SIÈCLES après J.-C.	ÉVÉNEMENTS.	ORDRE chronolog. après J.-C.
5	Synchronisme du Ve siècle après J.-C.		5	Attila, le fléau de Dieu, traverse la Germanie et pénètre dans les Gaules; mais il est repoussé par les troupes d'Aëtius, général romain, et de Mérovée, roi des Francs. Il passe en Italie et marche sur Rome, mais le pape Léon le Grand l'arrête, et Attila est obligé de se retirer en Pannonie où il meurt. (Formule. — Les Huns devant la toute d'Attila.)	447		Pétrone-Maxime et Avitus succèdent à Valentinien III, et la pourpre impériale est prise, donnée et enlevée tour à tour, et elle se couvre que des frontières de princes si s'alliait de plus en plus: Majorien, Libius Sévère, Anthémius, Olybrius, Glycerius, Julius Népos et Romulus Augustulus; ce dernier, chassé du trône par Odoacre, roi des Hérules, s'en va mourir au promontoire de Misène. Odoacre prend le titre de roi d'Italie.	456 457 457 472 473 474 475	5	Clovis décrète que Paris sera la capitale de son royaume et quitte sa résidence de Soissons. (Formule. — Clovis est couronné à Paris.)	508
	Les barbares descendent en masse pour détruire l'empire romain. Alaric, à la tête des Goths, arrive en Italie, pille Rome, passe en France, et va mourir à Cosenza avant d'avoir pu exécuter son projet de conquérir la Sicile.	400					C'est là la fin de l'empire d'Occident.	476		Synchronisme du VIe siècle après J.-C.	
	Ataulphe établit la puissance des Goths en Espagne, qu'on appelle Visigoths. (Formule. — Les Goths conduits par Alaric en Italie, en France, et par Ataulphe en Espagne et en Portugal.)	412		Pour opposer une résistance aux invasions des barbares, les Romains appellent l'armée de la Bretagne; les Bretons demandent secours aux Saxons et ceux-ci, invités par Vortigern, accourent, et sous la conduite d'Hengist et Horsa, fondent quatre royaumes; les Angles plus tard en forment trois autres. (C'est l'Heptarchie.) (Formule. — Les Anglo-Saxons débarquent en Bretagne.)	448 449		(Formule. — Les Hérules, commandés par Odoacre, détruisent l'empire d'Occident.)	476		Le prince Arthur se rend célèbre par ses exploits contre les rois Anglo-Saxons, et établit les chevaliers de la table ronde. (Formule. — Le navire débarquent le prince Arthur en Angleterre.)	510
	Pharamond, fils de Marcomir, passe le Rhin à la tête des Francs et s'avance à Trèves; il est le premier roi de France, qui cependant ne donne pas son nom à la dynastie.	420					Clovis succède à son père Childéric et consolide la monarchie française. Les Romains sont obligés de quitter définitivement les Gaules.	481		Denys le Petit, appelé aussi le Scythe, introduit la manière de compter les années depuis la naissance de J.-C. (Formule. — Denys vient l'agneau, emblème de Dieu.)	529
	Clodion, son fils, lui succède. (Formule. — Les Gaulois devant le roi de Pharamond.)	427		Les Vénèdes ou Vénitiens débarquent dans les lagunes de la mer Adriatique et y fondent Venise.	450		(Formule. — Les Romains abandonnent leurs écussons dans les Gaules.)	482		Bélisaire, général de Justinien, va en Afrique combattre les Vandales, passe en Italie et s'empare de Vitigès, roi des Goths, qu'il amène prisonnier à Constantinople; il bat le roi de Perse Chosroès et retourne en Italie pour combattre Totila; il s'empare de Rome, mais il est obligé d'abandonner ses conquêtes et de retourner en Orient où l'empereur Justinien l'accuse de trahison. (Formule. — Bélisaire tient l'arc de Justinien.)	534 540 540
	À Honorius succède Valentinien III, dans l'empire d'Occident. Genséric roi des Vandales, est invité par Boniface gouverneur romain en Afrique, à y fonder un nouveau royaume; il court ensuite à Rome, met la ville au pillage et emmène prisonnières l'impératrice Eudoxie et ses filles. (Formule. — Les Vandales avec l'arc de Genséric.)	439		Childéric, fils de Mérovée, roi de France, est obligé de se réfugier en Thuringe; mais après quelque temps, il prend de nouveau possession de Paris et de tous ses États (460). (Formule. — La ville de Paris prise par l'épée de Childéric.)	460		Clovis marche contre les Germains et les soumet après la bataille de Tolbiac. À l'instigation de Clotilde, sa femme, Clovis embrasse le christianisme. (Formule. — Les Francs prennent le drapeau des Allemands à la bataille de Tolbiac.)	496 496			

SIÈCLES après J.-C.	ÉVÉNEMENTS.	ORDRE chronologique après J.-C.	SIÈCLES après J.-C.	ÉVÉNEMENTS.	ORDRE chronologique après J.-C.	SIÈCLES après J.-C.	ÉVÉNEMENTS.	ORDRE chronologique après J.-C.	SIÈCLES après J.-C.	ÉVÉNEMENTS.	ORDRE chronologique après J.-C.
Justinien, empereur d'Orient, donne ses lois.	Justinien donne son Code, ei, après la disgrâce de Bélisaire, il envoie Narsès faire la conquête de l'Italie. Tribonien est son conseiller. Le code de Justinien est considéré comme la réunion des meilleures lois anciennes. (Formule. — *Justinien tient son Code.*)	535	Grégoire le Grand, pape.	Grégoire le Grand fait alliance avec les Longobards, s'efforce de répandre le christianisme et envoie des missionnaires prêcher l'Évangile aux Bretons. Augustin convertit à la foi chrétienne un grand nombre de Saxons en Angleterre. Il est nommé archevêque de Cantorbéry. (Formule. — *Le pape Grégoire le Grand tient sa tiare et son anneau.*)	590		Synchronisme du VIIe siècle après J.-C. Clotaire II, fils de Chilpéric et de Frédégonde, règne d'abord sous la tutelle de sa mère; devenu majeur, il s'empare de la couronne de l'Austrasie, et ordonne de mettre à mort Brunehaut. A sa mort, ses fils, Dagobert Ier et Charibert II, partagent ses États. (Formule. — *L'épée de l'Austrasie aux pieds de Clotaire.*)	7 617		de véritables études; mais Abou-Bekr s'associa Omar, célèbre général, qui triomphe de ses adversaires et, on le créant calife, ils arrivent ensemble à consolider la puissance politique des Arabes. (Formule. — *L'épée d'Abou-Bekr et d'Omar sur l'étole de Jérusalem.*)	
Narsès en Italie.	Narsès succède à Bélisaire et se rend maître de l'Italie. Il retourne à Constantinople où il est reçu en triomphe, mais l'impératrice Sophie l'outrage en lui faisant cadeau d'une quenouille; pour se venger il appelle les Longobards qui descendent les Alpes sous la conduite d'Alboïn et forment en royaume au nord de l'Italie. (Formule. — *Les navires de Narsès pour la conquête de l'Italie.*)	555	Ethelbert, roi de Kent.	Ethelbert, roi de Kent, touché de l'éloquence de l'archevêque de Cantorbury, et persuadé par Berthe, sa femme, se décide à embrasser le christianisme; un grand nombre d'habitants de Kent suivent l'exemple de son roi, et les adhérents à l'Évangile s'accroissent ainsi considérablement en Angleterre. (Formule. — *Ethelbert tient le drapeau du christianisme en Angleterre.*)	600	Mahomet, fondateur de l'Islamisme ou de la Religion à Médine.	Mahomet, se disant inspiré de Dieu, pose les bases d'une nouvelle religion mêlée de judaïsme et de christianisme; il est obligé de quitter sa patrie et fuit à Médina où l'on compte avec triomphe (c'est de cet événement que date l'ère des musulmans, l'hégire, ou *ambu fuite*). Mahomet meurt empoisonné et les califes obligent les Arabes, par la force des armes, à accepter le Koran. (Formule. — *L'épée et le pigeon de Mahomet.*)	622	Destruction de la bibliothèque d'Alexandrie par Omar.	Omar s'empare de la Syrie, de la Perse, de l'Égypte et ordonne la destruction de la célèbre bibliothèque d'Alexandrie. (Formule. — *L'épée d'Omar sur la bibliothèque d'Alexandrie.*)	640
Alboïn, premier roi des Longobards.	Alboïn épouse Rosamonde, fille de Cunimond, roi des Gépides, et, aidé par Narsès, consolide la puissance des Longobards en Italie. (Formule. — *Alboïn tient l'épée des Longobards.*)	569	Phocas, empereur d'Orient.	Phocas est proclamé empereur d'Orient par l'armée. Il marche sur Constantinople et fait trancher la tête du Maurice et de six de ses fils; il parvient à réprimer trois conspirations, mais enfin il est détrôné par Héraclius qui le fait décapiter. (Formule. — *L'épée et la couronne de Phocas.*)	602	Abou-Bekr, premier calife, successeur de Mahomet.	Abou-Bekr, premier calife, succède à Mahomet; après des querelles avec Ali, gendre du prophète, il publie le Koran (livre qui renferme toutes les lois de l'Islam) et fonde la plupart des lois islamiques. Les Schiites regardent Ali et ses descendants comme	632	Mœawiah, gouverneur de Syrie.	Mœawiah, gouverneur de Syrie, se refuse à reconnaître Ali pour successeur d'Othman et se fait proclamer calife; il soumet l'Égypte, Médine, la Mecque et se rue sur les conquêtes les bornes de l'empire musulman. (Formule. — *L'épée tenue par Mœawiah, en Égypte.*)	656
Justin II, empereur d'Orient.	Justin II, neveu de Justinien, est nommé empereur d'Orient à la mort de son oncle; il est en guerre contre Chosroès, roi de Perse, qui obtient sur l'empereur d'Orient des avantages considérables. (Formule. — *Justin II reçoit la nouvelle de sa défaite par Chosroès.*)	570								Les Sarrasins à Syracuse.	Les Sarrasins quittent leurs contrées et se dirigent sur la Sicile. Ils s'emparent de Syracuse. (Formule. — *Les épées des Sarrasins à Syracuse.*)	669
									Constantin Pogonat.	Constantin IV, dit Pogonat, succède à son père Constant II, dans l'empire d'Orient; mais bientôt il voit ses États envahis par les Sarrasins qu'il parvient à repousser de Constantinople, en brûlant, avec	670

SIÈCLES après J.-C.	ÉVÉNEMENTS.	DATES ou RÈGNES après J.-C.	SIÈCLES après J.-C.	ÉVÉNEMENTS.	DATES après J.-C.	SIÈCLES après J.-C.	ÉVÉNEMENTS.	DATES ou RÈGNES après J.-C.	SIÈCLES après J.-C.	ÉVÉNEMENTS.	DATES ou RÈGNES après J.-C.
7	le feu grec, les vaisseaux des ennemis. (Formule. — *L'épée grise par Constantin Pogonat contre les Sarrasins.*) Le triomphe des Néustrasie sur la Neustrie est assuré par les victoires de Pépin d'Héristal contre Thierry III, roi de Neustrie, qui, vaincu près de Péronne, se voit forcé de nommer Pépin maire du palais, titre que ce dernier transmet avec sa puissance à ses descendants. (Formule. — *L'épée et l'écusson couronné de Pépin d'Héristal.*) Pépin, maître absolu de l'Austrasie et de la Neustrie, dispose de la couronne en faveur des rois fainéants, au pouvoir de Clovis III. Les Saxons et les Suèves sont battus en France par sa valeur et à sa mort il lègue sa puissance à son petit-fils Théobald. (Formule. — *L'épée et le drapeau des Saxons et des Suèves en France.*) Venise, fondée au siècle de l'invasion des Barbares, fut d'abord gouvernée par les capitaines du peuple; mais la population s'étant accrue considérablement, les Vénitiens consolident leur gouvernement par la nomination du premier doge, Paul Anafeste. (Formule. — *Paul Anafeste prend le bonnet ducal à Venise.*)	687 691 697	8	Hydrochloe du VIIIe siècle après J.-C. Vitiza, roi des Visigoths en Espagne, est détrôné par Rodrigue; ce dernier outrage la fille du comte Julien, noble Espagnol qui, pour se venger, appelle les Arabes en Espagne. (Formule. — *Le comte Julien appelle Muza, chef des Arabes, en Espagne.*) Quoique né d'une famille obscure, Léon III (l'Isaurien) parvient à s'emparer de la couronne de Constantinople. Il se montre ardent iconoclaste et ordonne la destruction des images. (Formule. — *Léon III ordonne la destruction des images.*) Les Sarrasins, maîtres de l'Espagne, ne tardent pas à envahir la France, et le vice-roi Abdérame commença à obtenir quelques succès, lorsque le fils de Pépin d'Héristal, Charles-Martel, les arrête entre Tours et Poitiers, et sauve ainsi non-seulement la France, mais l'Europe entière de l'islamisme. (Formule. — *Charles-Martel lève l'arc contre les Sarrasins.*) Abboul-Abbas, pour s'assurer la puissance des califes, s'empare des célèbres d'Omar, et fait massacrer les Ommiades, fondant ainsi la dynastie des Abbassides. (Formule. — *Abboul-Abbas ordonne le massacre des Ommiades.*) Alcuin, savant Anglais, est appelé	712 727 733 740	8)	Pépin, le Bref, fils de Charles-Martel, soutenu contre son oncle Carloman, chef du palais, il a à sa disposition toute la puissance royale; étant ainsi, avec l'aide du pape Etienne II, il se fait nommer roi de France. (Formule. — *Le pape d'Etienne II reçu par Pépin le Bref.*) Waïfre, dernier duc d'Aquitaine, ne voulant pas reconnaître le droit de Pépin le Bref, s'arme contre l'empereur, et, après une lutte de plusieurs années, l'Aquitaine est réunie à la France. (Formule. — *Pépin prend l'épée contre Waïfre.*) Charlemagne, fils et successeur de Pépin, le Bref, dans son avènement à la seconde dynastie; il fait la guerre à Didier, roi des Longobards et son beau-père, répudié sa femme Ermengarde, soutient contre les Saxons une longue guerre et, par des victoires éclatantes, étend son immense empire. (Formule. — *Charlemagne répudie Ermengarde.*) Après une guerre de trente ans, les Saxons sont soumis par Charlemagne, et Witikind embrasse le christianisme. (Formule. — *Charlemagne baptise les Saxons en mœurs.*)	752 768 768 774 788	8	par Charlemagne, en France, qui fonde, sous ses auspices, plusieurs écoles à Paris, Aix-la-Chapelle, Tours, etc. (Formule. — *Alcuin ouvre la classe par ordre de Charlemagne.*) Charlemagne rend au Saint-Siège d'importants services; Léon III, en reconnaissance, le couronne empereur d'Occident, le 25 décembre 800, dans l'église des Saints-Apôtres à Rome. (Formule. — *Les trois couronnes de Charlemagne.*) Hydrochloe du IXe siècle après J.-C. Bernard, roi d'Italie, petit-fils de Charlemagne, se révolte contre son oncle Louis le Débonnaire et veut disputer l'empire à Lothaire son cousin, que Louis s'était associé; mais tombant dans les mains de Louis, il trouve une mort horrible après avoir eu les yeux arrachés. (Formule. — *Les yeux de Bernard repaîtrés par Louis le Débonnaire.*) Egbert, roi de Wessex, se réfugie à la cour de Charlemagne; mais il retourne dans sa patrie, il est devenu proclamé roi; il combat les autres rois de l'heptarchie et parvient à réunir sous sa domination	800 810 816 827

ROIS DE FRANCE après J.-C.	ÉVÉNEMENTS.	après J.-C.	ÉVÉNEMENTS.	après J.-C.	ÉVÉNEMENTS.	après J.-C.	ÉVÉNEMENTS.	après J.-C.
9	tous les autres États ; il foudroierait le royaume d'Angleterre. (Formule. — Les couronnes de l'hérédité réunies par le leophit d'Egbert.)	8	Photius est l'auteur du schisme d'Orient, et fonde la nouvelle Église schismatique. Un chef disparaît sur les bords de la Baltique, appelé par les habitants de Novgorod. Ruric la vieux Novgorod ; il étend son autorité et prend le titre de grand-prince ou grand-duc. (Formule. — L'écusson couronné et l'épée de Ruric en Russie.)	858	Louis, chef des Normands, en France.	9	Rollon, chef des Normands, qui prend le nom de Normandie ; il accorde au chef normand sa fille Gisèle en mariage. (Formule. — Les écussons et le drapeau des Normands en France.) À la déposition de Charles le Gros, Bérenger triomphe de ses compétiteurs et réussit à la couronne d'Italie celle de l'Allemagne. (Formule. — Le sceptre couronné et l'écusson de Bérenger.)	10	sur Rome, le pape Jean X. Les arrête, et ils sont obligés de renoncer à Jean entreprise. (Formule. — Le drapeau sarrasin regardé par le lion de Rome.)	920
	Après le supplice de Bernard, Louis le Débonnaire est déposé du trône par les évêques et obligé de faire pénitence ; ses fils se révoltent et le font arrêter dans un monastère ; il est encore remis en liberté, puis arrêté de nouveau ; il ne meurt de chagrin près de Mayence. (Formule. — La corde et la chaîne de Louis le Débonnaire.)	833						Lothaire roi d'Italie, fils de Hugues de Provence, est détrôné par Bérenger, marquis d'Ivrée ; il obtient encore la couronne, mais peu de temps après il meurt empoisonné. Lothaire en mourant laisse aux droits à sa femme Adélaïde.	931
		840	Alfred le Grand. Alfred, dit le Grand, de la dynastie saxonne, voit ses États envahis par les Danois ; il est obligé de se cacher sous l'habit de ménestrel, et ainsi déguisé s'introduit dans le camp ennemi. Cette tentative réussit et il arrive à défaire les envahisseurs et à s'emparer de la ville de Londres. Il affermit par sa habileté la tranquillité de l'Angleterre. (Formule. — La lyre prise par Alfred le Grand.)	872					Marozia, dame romaine, s'élève par ses intrigues à une grande puissance à Rome, et fait élire plusieurs papes, — après avoir épousé Alberic, comte de Tusculum, épouse en secondes noces, Guido de Toscane, en troisièmes, Hugues de Provence. Albéric, fils aîné de Marozia, se venge de son père et de sa mère. (Formule. — Le sceptre couronné de Lothaire, roi d'Italie, et la ceinture de Marozia.)	933
	Charles le Chauve et Louis le Germanique luttant contre Lothaire, leur frère, et remportent la victoire de Fontenay, après laquelle le traité de Verdun partage l'empire entre les trois fils de Louis le Débonnaire : la France du nord et l'Italie, à l'empereur Lothaire ; la France proprement dite, à Charles le Chauve ; l'Allemagne, à Louis le Germanique. (Formule. — Les couronnes des héritiers de Charlemagne sur le traité de Verdun.)	841	Charles le Gros. Charles le Gros réunit tout le patrimoine de son père par suite de la mort de ses deux frères, il éloigne de la France les Normands en achetant une paix humiliante ; il s'attire le mépris universel ; déposé à la diète de Tribur, il meurt dans un abandon complet. (Formule. — Toutes les couronnes de Charlemagne réunies par Charles le Gros.)	888	Raoul, comte de Paris, roi de France, empereur d'Allemagne.	10	À la mort de Louis IV en Allemagne, Conrad I de Franconie est élu roi de Germanie ; il fait la guerre à Henri duc de Saxe, ainsi qu'au duc de Bavière ; il combat les Hongrois, et meurt soudainement en désignant son rival pour lui succéder.	912		
		843			Eudes, comte de Paris, roi de France.	1	Henri l'Oiseleur, fils d'Othon, duc de Saxe, éleva à monter sur le trône d'Allemagne en donnant des bois de civilisation, et fait aux municipalités des concessions équitables. (Formule. — Le drapeau d'Allemagne regardé par Conrad de Franconie et par Henri de Saxe.)	918	Harald VII Haastaad succède au trône de Danemark à Gorm III, fait la guerre au Franco contre Louis d'Outre-Mer, en faveur de Richard duc de Normandie ; il propage le christianisme dans son pays. (Formule. — Le sceptre couronné d'Harald VII sur l'Évangile en Danemark.)	940
	García Ximénès, fils de Sancho, succède à son père et prend le titre de roi de Navarre. (Formule. — L'écusson couronné de García Ximénès premier roi de Navarre.)	877			Les Sarrasins, à Rome.	2	Les Sarrasins, qui avaient envahi Syracuse, passent dans le royaume de Naples, et consultés se dirigent				

SIÈCLE après J.-C.	ÉVÉNEMENTS.	ORDRE chronologique après J.-C.	RÈGNES après J.-C.	ÉVÉNEMENTS.	ORDRE chronolog. après J.-C.	SIÈCLE après J.-C.	ÉVÉNEMENTS.	ORDRE chronologique après J.-C.	SIÈCLE après J.-C.	RÈGNES après J.-C.	ÉVÉNEMENTS.	ORDRE chronolog. après J.-C.
10 Adélaïde, reine d'Italie, veuve de Lothaire	Adélaïde, veuve de Lothaire, est obligée de se renfermer dans le château de Canose pour faire le persécutions de Berenger II; Adélaïde sollicite la protection d'Othon, empereur d'Allemagne, qu'elle épouse ensuite. (Formule. — *Le sceptre couronné tenu par Adélaïde, reine d'Italie.*)	950	10	res consentent à se retirer dans leur pays pour une grosse somme, ce qui les encourage à faire d'autres incursions. — Plus tard Suénon, roi du Danemark, chasse du trône d'Angleterre Ethelred. (Formule. — *Les drapeaux des Danois en Angleterre.*)		11	A la mort d'Henri II, la couronne d'Allemagne passe dans la maison de Franconie Salique, et Conrad II est couronné empereur à Rome. (Formule. — *La couronne d'Allemagne regardée par l'aigle de Conrad.*)	1024	11		été nommé roi d'Angleterre par le testament d'Edouard le Confesseur, s'embarque pour faire la conquête de l'île et à la bataille d'Hastings, il triomphe d'Harold II, son rival, qui y meurt. (Formule. — *Le casque et l'épée de Guillaume le Conquérant.*)	1066
Othon le Grand, empereur d'Allemagne	Othon le Grand descend en Italie pour faire valoir les droits d'Adélaïde, l'épouse et est reconnu roi d'Italie et empereur d'Allemagne. Il est admiré comme le législateur de son peuple. (Formule. — *Le sceptre couronné et l'épée d'Othon le Grand.*)	961	Etienne 1er, roi de Hongrie	Etienne, roi de Hongrie, ayant embrassé le christianisme, reçoit de Gerber (le pape Silvestre II), la couronne angélique. Il est admiré comme le législateur de son peuple. (Formule. — *La couronne terrestre et la couronne angélique d'Etienne 1er de Hongrie.*)	1000	Conrad II et Franconie empereur d'Allemagne	40 gentilshommes normands sont appelés par le duc de Salerne pour chasser les Sarrasins. Tancrède de Hauteville envoie en Italie Robert Guiscard et Rogar qui s'emparent ensuite de Naples et de la Sicile. (Formule. — *L'écusson des Normands sur les montagnes de Naples.*)	1039		Grégoire VII, pape	Grégoire VII, Hildebrand, est élu pape; il réclame le droit des investitures, et engage une lutte terrible contre l'empereur d'Allemagne, Henri IV. — Grégoire VII appelle les Normands à son aide, et il est rétabli par eux sur son siège; saisis la ville de Rome se trouve en proie à des désordres inouïs. — Il quitte Rome de nouveau et va mourir à Salerne. (Formule. — *La tiare prise par Grégoire VII.*)	1073
Edgard le Pacifique	Edgard le Pacifique, roi d'Angleterre, est victorieux contre les peuples de Galles; il épouse en secondes noces Elfrida qui prend un grand ascendant sur son mari; Elfrida fait assassiner Edouard II, fils d'Edgard, pour placer sur le trône Ethelred, son fils. (Formule. — *Le sceptre couronné d'Edgard pris par Elfrida.*)	962	11 Epoque du XIe siècle après J.-C.	La puissance des Danois se consolide en Angleterre, par le génie de Canut; les efforts des Anglo-Saxons en faveur des frères d'Edmond ou de ses enfants, sont inutiles. — Les princes dépossédés sont envoyés à Olaus, roi de Suède. — La religion chrétienne agit sur le noble caractère de Canut; et le porte à des choses sublimes: Olof ou Olaus établit le christianisme en Suède et prend le titre de roi. (Formule. — *La couronne d'Angleterre regardée par Canut le Grand, et la couronne de Suède, regardée par Olof.*)	1017	Le comte Godwin ramène en Angleterre Edouard le Confesseur qui s'était réfugié en Normandie; le comte lui donne sa fille en mariage et le fait nommer roi. (Formule. — *La couronne d'Edouard le Confesseur portée par les Saxons.*)	1041			Mort de Grégoire VII.	Guillaume quitte l'Angleterre et débarque en France pour se venger de Philippe 1er; il meurt en tombant de cheval et laisse la Normandie à son fils Robert, quelque absent, et la couronne d'Angleterre à Guillaume II, le second de ses fils. (Formule. — *La couronne de Normandie réunie aux couronnes d'Angleterre par Guillaume II le Roux.*)	1085
Louis V, roi de France, Hugues Capet, roi de France	Louis V, le Fainéant, meurt, et le comte de Paris, Hugues Capet, est élu roi de France. (C'est la troisième dynastie, dite des Capétiens. (Formule. — *Le drapeau à l'oriemm couronné de Hugues Capet.*)	987				Boleslas II se rend célèbre en Pologne par ses cruautés, et il devient l'objet du mépris de ses sujets. (Formule. — *La couronne de Pologne tenue par Boleslas II, le Cruel.*)	1056	Guillaume II le Roux	Guillaume II le Roux, 2e fils, roi d'Angleterre	L'évêque de Cracovie, saint Stanislas, accuse le roi de Pologne de mauvaise conduite. — Le roi	1087
Ethelred II	Le règne d'Ethelred II est troublé par des maladies contagieuses et par l'invasion des pirates du Nord. Après différents succès, les barba—	990				A la mort d'Edouard le Confesseur, bien qu'Harold II eût promis au duc de Normandie de ne pas accepter la couronne d'Angleterre, il se fait reconnaître roi.	1065	Guillaume, duc de Normandie		L'évêque de Cracovie, saint Stanislas, accuse le roi de Pologne de mauvaise conduite. — Le roi	1088

RÈGNES après J.-C.	ÉVÉNEMENTS.	ORDRE chronol. après J.-C.	DÉGÈS après J.-C.	ÉVÉNEMENTS.	ORDRE chronol. après J.-C.	SIÈCLES après J.-C.	ÉVÉNEMENTS.	ORDRE chronol. après J.-C.	DÉGÈS après J.-C.	ÉVÉNEMENTS.	PAGES chronol. après J.-C.
11	pour se venger du fait assassiner. (Formule. — La tiare de Grégoire VII donne la couronne de Pologne.) La première croisade est prêchée par Pierre l'Ermite par l'ordre du pape Urbain II. — Les premières armées sont battues dans l'Asie-Mineure par les Turcs, mais une troisième s'empare de Jérusalem sous la conduite de Godefroi de Bouillon. (Formule. — L'écusson et le drapeau de la première croisade.) Henri I, surnommé le Beau Clerc, troisième fils de Guillaume, est élu roi d'Angleterre à la mort de son frère Guillaume le Roux. (Formule. — Henri I avec la couronne d'Angleterre.) Henri IV, après une longue lutte contre le Saint-Siége, est obligé de renoncer à la couronne, qui passe dans les mains de son fils Henri V, qui, après, est aussi excommunié par le pape Calixte. — Il meurt méprisé par ses sujets. (Formule. — Henri V avec la couronne d'Henri IV, en Allemagne.)	1095 1099 1100 1106	12	goes des Payens les annexe aux Templiers. (Formule. — Les premiers Templiers.) A la mort de Robert Guiscard, son second fils, Guillaume, lui avait succédé; mais n'ayant ni les talents, ni la valeur de son père, il ne put réussir dans l'entreprise qu'il avait projetée. Roger II prend le titre de roi et se rend maître de Naples, fondant ainsi le royaume des Deux-Siciles. (Formule. — Roger II regarde la Sicile.) Étienne de Blois, petit-fils de Guillaume le Conquérant, succède à Henri I, au trône d'Angleterre; mais son règne est troublé par les prétentions de Mathilde, fille de Henri I. Conrad III est élu empereur d'Allemagne et fait mettre au ban de l'empire Henri le Superbe, duc de Bavière et de Saxe; il s'unit avec Louis VII, roi de France, et vont ensemble combattre les Sarrasins. — Henri de Bourgogne enlève aux Arabes leurs possessions au nord du Douero (Portugal), et remet son pouvoir à son fils Alphonse Henriques, qui se déclare indépendant et, après la victoire d'Ourique, il est nommé roi de Portugal. (Formule. — Alphonse Henriques.)	431 1130 1135 1138 1139	12	mot l'aire pour combattre les Arabes.) Saint Bernard, abbé de Clairvaux, prêche la seconde croisade, par ordre du pape Eugène III : l'empereur Conrad III et Louis VII, roi de France, se mettent en marche pour la Palestine. Les armées de France et d'Allemagne sont presque détruites, dans l'Asie-Mineure; les débris se réunissent dans la Palestine; mais ne peuvent réussir à s'emparer de Damas, et les deux monarques se retirent sans armée et sans gloire. (Formule. — Saint Bernard avec la bulle pour la seconde croisade.) Frédéric Barberousse s'embarque pour la Terre-Sainte; il est battu dans l'Asie-Mineure et meurt, entraîné par son cheval, dans le fleuve Cydnus; son fils, Frédéric de Souabe, rassemble le reste de l'armée chrétienne; mais il tombe dans la lutte devant Saint-Jean-d'Acre. (Formule. — Frédéric Barberousse regarde le navire des croisés.) Pendant le règne de Frédéric Barberousse les villes d'Italie établissent une ligue (1168), ayant à sa tête le pape Alexandre III, et luttent pour leur indépendance; la ligue est victorieuse à la bataille de Legnano (1176).	1154 1188	12	Après la mort d'Étienne de Blois, dernier roi normand, Henri II, fils de Geoffroy Plantagenet et de Mathilde, fille de Henri I, monte sur le trône d'Angleterre. Sous son règne, Thomas Becket, archevêque de Canterbury, refuse de se soumettre aux constitutions de Clarendon, qui restreignaient le pouvoir du clergé; Thomas est assassiné dans l'église même. Henri II s'empare de l'Irlande. (Formule. — Henri II avec l'épée de l'Irlande.) Saladin, terreur des Croisés, est attaqué par les chrétiens, et, vainqueur d'abord à Ramla, il est ensuite vainqueur en plusieurs rencontres à Panéade et, dans la Tibériade, il met fin au royaume de Jérusalem, par la prise de la capitale. (Formule. — La lance prise par Saladin.) Philippe-Auguste ordonne aux juifs la sortie de France, s'unit au roi d'Angleterre Richard Cœur-de-Lion pour combattre les Musulmans. Arrivé en Palestine, il laisse le soin de l'entreprise à Richard et repasse en France où il enlève au roi d'Angleterre la Normandie. (Formule. — Philippe-Auguste regarde les monnaies des juifs.) Après des prodiges de valeur, le roi Richard fait une trève avec Saladin.	1154 1170 1170 1178 1180 1190
12	Les premiers Templiers	1110									
	Les Croisés fondent d'abord l'ordre des Hospitaliers, ou chevaliers de Saint-Jean-de-Jérusalem, et Hu—										

DÉCÈS après J.-C.	ÉVÉNEMENTS.	ORDRE chronologique après J.-C.	DÉCÈS après J.-C.	ÉVÉNEMENTS.	ORDRE chronologique après J.-C.	DÉCÈS après J.-C.	ÉVÉNEMENTS.	ORDRE chronologique après J.-C.	DÉCÈS après J.-C.	ÉVÉNEMENTS.	ORDRE chronologique après J.-C.
12	et retourne en Europe; mais il est arrêté en Allemagne par l'empereur Henri VI, qui le retient prisonnier. (Formule. — *Richard avec le drapeau en Palestine*.) Dans la quatrième croisade, Baudouin, comte de Flandre, s'unit aux Vénitiens, et le vieux doge Henri Dandolo va lui-même combattre en Terre-Sainte, et après s'être emparé de Zara (Dalmatie), l'armée se dirige sur Constantinople où elle est appelée par Alexis l'Ange pour agir contre l'usurpateur de sa couronne; Baudouin est porté sur le trône des Césars d'Orient et établit l'empire latin, qui dure 57 ans (1204-1261). La dynastie déchue se retire à Nicée et y reste jusqu'à l'époque de Michel Paléologue (1261). (Formule. — *Le coq avec la couronne des Latins à Constantinople*.)	13		Philippe-Auguste fait chasser les Juifs de France et de Normandie. Jean-sans-Terre est contraint par les barons d'accorder la grande charte à l'Angleterre. Henri III, son fils, lui succède. (Formule. — *Le léopard regarde Jean-sans-Terre*.) Gengis-Khan conquiert le Mongol, la Tartarie la Chine septentrionale et la Corée. Henri VI, empereur d'Allemagne, fait valoir ses droits sur l'Italie; mais les peuples du nord, réunis au pape Grégoire IX, forment une seconde ligue, et les efforts de l'empereur sont inutiles; il va en Terre-Sainte et ceint la couronne de Jérusalem dans l'église du Saint-Sépulcre. (Formule. — *Le lion de Venise terrasse l'aigle d'Henri VI*.) Les Chevaliers Teutoniques se répandent en Prusse et se fixent à Marienbergh. (Formule. — *L'aigle de Prusse avec l'ordre Teutonique*.)	1205		naissance aux premières lettres de change. (Formule. — *La colonie avec la première lettre de change*.) Louis IX, roi de France, prend la croix, et la nouvelle croisade est précédée par le cardinal Eudes de Châteauroux. Le roi de France s'embarque avec ses trois frères, et, après un séjour dans l'île de Chypre, se décide à attaquer l'Égypte; il prend Damiette; mais bientôt il est battu au combat de la Massoure, le comte d'Artois, son frère, tué et lui-même fait prisonnier. — Les Mamelouks se révoltent contre le sultan d'Égypte, et le roi de France, prisonnier, ayant refusé un concours, ils placent Ibeg, leur chef, sur le trône. — Louis IX rend Damiette et obtient sa liberté. Il passe en Palestine, y reste 4 ans, il revient ensuite en France, où il est rappelé par la mort de la reine Blanche de Castille, sa mère. (Formule. — *L'ibis tenu par le Mamelouk Ibeg en Égypte*.) Michel Paléologue chasse du trône de Constantinople Baudouin II, et met fin à l'empire des Latins. Charles d'Anjou, frère de Louis IX, descend en Italie et gagne la bataille de Bénévent contre Manfroi, neveu de Conradin et usurpateur de la couronne de Naples. Charles rem-	13	porte une seconde victoire à Tagliacozzo et fait décapiter le jeune Conradin. (Formule. — *Le coq avec l'épée de Charles d'Anjou*.) Édouard Ier est élu roi d'Angleterre. A la mort de Conrad IV, empereur d'Allemagne, suivit un interrègne de 23 ans. — Les électeurs donnent la couronne à Rodolphe comte d'Hapsbourg, qui bat Ottocar, roi de Bohème, et s'empare de l'Autriche, de la Styrie, de la Carinthie et de la Carniole. (Formule. — *Proclamation de Rodolphe d'Hapsbourg*.) Les Siciliens, irrités contre le gouvernement de Charles d'Anjou, forment une vaste conspiration ourdie par Jean de Procida, et au coup de la cloche du vêpres du lundi, second jour de Pâques, les Français sont massacrés dans toute la Sicile. (Formule. — *Le coq enchaîné en Sicile*.) Le doge Gradenigo publie une loi à Venise pour empêcher les désordres causés par l'élection annuelle du grand conseil, et la république se consolide, changeant de forme, et tombant entre les mains des plus puissants seigneurs. (Formule. — *Le lion de Venise regarde le sceptre couronné de l'aristocratie héréditaire*.)	1268 1265 1272 1273 30 mars 1282 1299
13	Système lunaire du XIIIe siècle après J.-C. Philippe-Auguste, offrant devant l'autel sa couronne au plus digne, se prépare à combattre ses adversaires, le roi d'Angleterre, l'empereur Othon IV et les ducs de Saxe, de Lorraine et de Brabant, les			comtes de Hollande et de Limbourg, de Flandre et de Bourgogne. Philippe est victorieux à la bataille de Bouvines.			Louis IX à la croisade	1248 1250				1250			Charles Paléologue Baudouin II, fin de l'empire des Latins à Anjou Bataille de Bénévent					1261 1266 1260			

SIÈCLES après J.-C.	ÉVÉNEMENTS	ORDRE CHRONOLOGIQUE après J.-C.
13 Othon Ier	Othoman Ier fonde l'empire des Turcs Ottomans.	1300
	Henri VII de Luxembourg est invité par Dante à détruire la république de Florence.	1307
	Pour plaire au roi de France, Philippe le Bel, Clément V quitte Rome et fixe sa résidence à Avignon.	1307
	Flavio Gioja d'Amalfi (royaume de Naples) invente la boussole sous le gouvernement de Charles d'Anjou. (Formule. — Les ordres de la mer font marcher la boussole.)	1307
14 Édouard II d'Angleterre	Symbolisme du XIVe siècle après J.-C. Édouard II, fils et successeur d'Édouard Ier, continue la guerre d'Écosse contre Robert Bruce; mais étant gouverné par des favoris, les barons d'Angleterre se soulèvent et le jettent en prison où il meurt (1327).	1307
Guillaume Tell	La Suisse est divisée en différents États. — Albert, fils de Rodolphe, tend à soumettre toute l'Helvétie, mais la tyrannie de ses agents soulève le peuple et Guillaume Tell en tuant Gessler gouverneur, organise une ligue et jette ainsi les bases de la Confédération helvétique. (Formule. — L'arc de l'indépendance regardé par Guillaume Tell.)	1308

SIÈCLES	ÉVÉNEMENTS	ORDRE CHRONOLOGIQUE
Philippe VI de Valois, roi de France	Charles IV, dernier roi des Capétiens en France, meurt. — Édouard III, roi d'Angleterre, neveu de Charles IV, par sa mère Isabelle, prétend à la couronne de France. — Philippe de Valois fait valoir ses droits comme descendant de la seconde branche des Capétiens. — Les États généraux décident en faveur de Philippe VI de Valois qui prend le titre de roi de France. (Formule. — L'ordre des Valois regardé par le coq de Philippe VI.)	1327
	L'avènement de Philippe VI de Valois au trône de France est l'origine d'une longue et désastreuse guerre entre la France et l'Angleterre. (Formule. — Les arcs pour la guerre de 100 ans entre la France et l'Angleterre.)	1328
Bataille de Crécy	Édouard III gagne la bataille de Crécy par la valeur de son fils le Prince Noir.	1346
	La ville de Calais tombe au pouvoir des Anglais; dans ces guerres on fait, pour la première fois, usage de la poudre à canon.	1346
Nicolas Rienzi	Nicolas Rienzi profitant de l'absence des papes à Rome, proclame une constitution nouvelle et reçoit le titre de tribun avec son pouvoir dictatorial; il s'aliène les esprits et il est massacré par le peuple. (Formule. — La corde et la caisse de poudre.)	1347

SIÈCLES	ÉVÉNEMENTS	ORDRE CHRONOLOGIQUE
Jean le Bon Bataille de Poitiers	Sous Jean, fils de Philippe de Valois, le Prince Noir gagne la bataille de Poitiers et fait prisonnier le roi de France. — Duguesclin part, pour l'Espagne, contre Pierre le Cruel qui est protégé par les Anglais, mais Henri de Transtamare tue son frère Pierre le Cruel et se place sur le trône de Castille. (Formule. — La corde tenue par Pierre le Cruel roi de Castille.)	1356
Charles V le Sage	Charles V le Sage, fils de Jean, réussit à pacifier les factions de la Jacquerie et obtient des avantages considérables sur les Anglais qui étaient en France.	1364
Amurat Adrianopoli	Amurat Ier, célèbre par ses victoires, marche sur l'Europe et établit sa résidence à Adrianopoli. (Formule. — L'arc et l'épée d'Amurat à Adrianopoli.)	1360
Richard II d'Angleterre	À la mort d'Édouard III succède le fils du Prince Noir, Richard II, et son oncle le duc de Glocester, en a la régence.	1377
	Urbain VI, successeur de Grégoire XI, est élu pape à Rome; deux autres papes sont élus simultanément et cela donne naissance au grand schisme d'Occident. (Formule. — L'étole prise par Urbain VI, à Rome.)	
Jagellon et la Pologne	Jagellon, épouse Hedwige et réunit ainsi la Pologne avec la Lithuanie, embrasse le Christianisme	1367

SIÈCLES	ÉVÉNEMENTS	ORDRE CHRONOLOGIQUE
14 La maison Avis en Portugal	et prend le nom de Wladislas V. La maison Avis règne en Portugal. (Formule. — Le ruban et les deux couronnes de Jagellon.)	1386 1386
Marguerite de Waldemar	La célèbre Sémiramis du Nord, Marguerite Waldemar, réunit sous sa domination les puissances scandinaves : le Danemark, la Suède, la Norwège. (Formule. — Le ruban et le sceptre couronné de Marguerite de Waldemar.)	1397
Henri IV de Lancastre	Henri IV de Lancastre est élu roi d'Angleterre à la mort de Richard II dernier des Plantagenets.	1399
Les Florentins et Pise	Les Florentins, toujours en guerre avec les autres petites républiques, triomphent par la valeur de Gino Capponi de Pise et les deux républiques sont réunies. (Formule. — Les Florentins avec l'émblème de la ville de Pise.)	1405
Jean Huss au concile de Constance	Symbolisme du XVe siècle après J.-C. L'empereur Sigismond fait rassembler un concile général à Constance pour mettre fin au grand schisme; le concile invite Jean Huss, recteur de l'Université de Prague, à défendre les doctrines prises du réformateur anglais Wicleff. Huss demande un sauf-conduit à l'empereur et l'obtient,	1410

DATES après J.-C.	ÉVÉNEMENTS.	ORDRE chronol.	DATES après J.-C.	ÉVÉNEMENTS.	ORDRE chronol.	DATES après J.-C.	ÉVÉNEMENTS.	ORDRE chronol.	DATES après J.-C.	ÉVÉNEMENTS.	ORDRE chronol.
45	mais les cardinaux le font brûler vif au mépris du sauf-conduit; les Bohémiens indignés se révoltent. — Guerre des Hussites. (Formule. — *Les cardinaux reçoivent Jean Hus au concile de Constance.*)		45	mains des Anglais qui la font brûler vive dans la ville de Rouen. La maison d'Autriche commence à régner en Allemagne après la famille de Luxembourg, et Albert II d'Autriche reçoit la couronne impériale. (Formule. — *Les Autrichiens portent l'ordre à Albert II d'Autriche.*)		1461	Édouard IV de York, fils de Richard, aidé par Warwick, est victorieux à Northampton et à Mortimer's-cross, et se fait proclamer roi d'Angleterre.		45	cester se fait nommer roi et prend le nom de Richard III; mais Henri VII Tudor gagne sur lui la bataille de Bosworth et termine la guerre des Deux-Roses, dans cette bataille Richard III y perd la vie. (Formule. — *Les Anglais portent le casque couronné à Henri VII Tudor.*)	1483
1415	Henri V, fils et successeur d'Henri IV, succède au trône d'Angleterre, gagne la bataille d'Azincourt, et, pour se rendre maître de toute la France, fait alliance avec Philippe le Bon, duc de Bourgogne, et, uni avec Isabeau de Bavière, femme de Charles VI, roi de France, par le traité de Troyes, fait au préjudice du Dauphin (Charles VII), le roi d'Angleterre obtient, avec la main de Catherine de France, fille du roi Charles VI, la régence et l'héritage présomptif du trône. (Formule. — *Le Traité de Troyes regardé par le Léopard.*)	1415 1420	1440	Guttenberg, établi à Strasbourg, invente l'imprimerie, et d'abord il se sert de caractères mobiles en bois; par l'imprimerie, l'ignorance disparaît, et cette prodigieuse invention, en nous faisant rappeler le passé, nous fait encore prévoir l'avenir. (Formule. — *Les premiers livres imprimés.*)		1462	Ivan III Wassiliewitz proclame la grandeur de la Russie; il est regardé comme le second fondateur. Il triomphe des Tartares et affranchit sa patrie. (Formule. — *Les Russes portent l'épée à Ivan III Wassiliewitz.*)		1485	Henri VII Tudor, roi d'Angleterre Christophe Colomb obtient de Ferdinand d'Espagne des navires pour aller découvrir le Nouveau-Monde, et après s'être embarqué le 3 août, il arrive à Saint-Salvador le vendredi 12 octobre.	1485
1422	Le roi de France Charles VI meurt, ainsi que Henri V d'Angleterre, et Henri VI, fils et successeur d'Henri V, est baptisé et reconnu roi d'Angleterre et de France, à l'âge de 9 mois.	1422		Les Anglais rentrent en Angleterre, et ils ne conservent en France que la ville de Calais.	1453	1474	Ferdinand le Catholique, héritier d'Aragon, épouse Isabelle de Castille, et unit ainsi les deux royaumes. (Formule. — *Les Espagnols commandés par Ferdinand le Catholique.*)			Les Maures sont chassés d'Espagne après la bataille de Grenade. Boabdil, leur chef, est obligé de se rendre.	1492
1429	Une jeune bergère, Jeanne d'Arc, apparaît au Dauphin, et, à la tête des Français, chasse les Anglais de la ville d'Orléans. — Elle fait sacrer à Reims le roi Charles VII (1429). Mais elle tombe entre les		1453	Les Turcs, sous Mahomet II, s'emparent de Constantinople, et mettent fin à l'empire d'Orient. (Formule. — *Les Turcs débarquent à Constantinople.*)	1455	1477	Charles le Téméraire, dernier duc de Bourgogne, irrité contre les Suisses, qui s'étaient réunis à la France et à l'Autriche pour lui déclarer la guerre, entre en Suisse et obtient d'abord quelques avantages, mais il perd la vie à Nancy. — La Bourgogne est réunie à la France.		1495	Les Français descendent en Italie, sous Charles VIII, fils de Louis XI, et après quelques succès ils sont obligés de retourner en France après la bataille de Fornoue.	1495
				L'Angleterre est divisée entre les deux puissants partis des Roses (Lancaster, rose rouge, York, rose blanche). Richard de York grossit du mécontentement excité par l'incapacité d'Henri VI et de Marguerite d'Anjou, et veut faire valoir ses droits à la couronne d'Angleterre.		1478	Les familles des Pazzi et des Médicis cherchent à se détruire par leurs conspirations dans Florence. Édouard IV meurt et recommande ses enfants, Édouard V et le duc d'York. — Le duc de Gloucester les fait mettre dans la tour de Londres où ils meurent. Le duc de Glo-	1483	1498	Charles VIII meurt, et Louis XII, d'abord duc d'Orléans, devient roi de France.	1498
									1509	Henri VIII succède à son père Henri VII, sur le trône d'Angleterre. (Formule. — *Henri VIII tient la couronne d'Angleterre.*)	1509

SIÈCLES après J.-C.	ÉVÉNEMENTS.	ORDRE chronol. après J.-C.	SIÈCLES après J.-C.	ÉVÉNEMENTS.	ORDRE chronol. après J.-C.	SIÈCLES après J.-C.	ÉVÉNEMENTS.	ORDRE chronol. après J.-C.	SIÈCLES après J.-C.	ÉVÉNEMENTS.	ORDRE chronol. après J.-C.
16 Seizième, qui suit.	Synchronisme du XVIe siècle après J.-C.		16 Siège de Florence.	La république de Florence, qui avait duré plus de trois siècles, est détruite par l'armée de Charles-Quint et du pape Clément VII.	1530		son beau-père; Marie meurt sans enfants, et sa sœur Elisabeth lui succède. Sous le règne de Marie, Calais est repris par le duc de Guise.		16 Massacre de la Saint-Barthélemy.	tants, ordonna la nuit de la Saint-Barthélemy (24 août), Charles IX, sur les instances de sa mère, ordonne le massacre des protestants dans toute la France. Charles IX meurt deux ans après, et son frère, roi de Pologne, arrive à Paris et est reconnu roi de France sous le nom d'Henri III.	1572
	Charles-Quint se déclare contre François Ier et fait valoir ses droits sur l'Italie.	1500	Alexandre de Médicis, duc de Toscane.	Alexandre de Médicis est élu duc de Toscane.	1531	Élisabeth, reine d'Angleterre.	Elisabeth, fille de Henri VIII et d'Anne de Boulen, rétablit la religion anglicane, fait condamner à mort Marie-Stuart, sa prisonnière, et l'invincible Armada que Philippe II avait envoyée pour s'emparer de l'Angleterre (1588) est dispersée et détruite.		Mort de Charles IX.		1574
	(Formule. — Charles-Quint tient son sceptre.)			(Formule. — Alexandre de Médicis tient l'arc de Charles-Quint.)			(Formule. — Les navires d'Elisabeth, reine d'Angleterre.)		Henri III, roi de France.	Philippe II s'empara de la couronne de Portugal après la mort du cardinal Henri.	1575
Léon X, pape.	Léon X (Médicis) fait bâtir l'église de Saint-Pierre de Rome, d'après le modèle de Bramante.	1513	Henri VIII voulant divorcer avec Catherine d'Aragon, pour épouser Anne de Boulen, le pape Clément VII refuse de lui accorder le divorce; Henri s'irrite contre son ministre le cardinal Wolsey, qui meurt (1530).				(Formule. — Les navires d'Elisabeth, reine d'Angleterre.)		Philippe II, roi d'Espagne et de Portugal.	Philippe II s'empara de la couronne de Portugal après la mort du cardinal Henri.	1580
Luther en Allemagne.	Luther commence à s'éloigner de la cour de Rome et prêche la Réforme en Allemagne.	1514	Henri se déclare chef de l'église d'Angleterre. A sa mort, le duc de Sommerset a la régence, pendant la minorité d'Édouard, son neveu, fils de Henri VIII et de lady Seymour.		1534		Après l'abdication de Charles-Quint (1556), les Pays-Bas étaient soumis à la domination espagnole; mais Philippe II, ardent catholique, voulant introduire l'inquisition, le peuple se soulève, exaspéré par la tyrannie du duc d'Albe, et Louis de Nassau proclame l'indépendance des Pays-Bas.	1564		(Formule. — Philippe II tient les deux couronnes d'Espagne et de Portugal.)	
André Doria à Gênes.	André Doria refuse la couronne, offerte par Charles-Quint, et rétablit le gouvernement de Gênes, se contentant du titre de doge.	1524			1547					Le pape Grégoire XIII ordonne la réforme du calendrier.	1583
Bataille de Pavie.	François Ier est fait prisonnier à la bataille de Pavie.	1525	Le pape Paul III, successeur de Clément VII, convoque le concile de Trente pour les questions de la Réforme.		1547		(Formule. — Louis de Nassau tient l'épée de l'indépendance dans les Pays-Bas.)			Henri III, roi de France, se déclare chef de la Ligue; mais l'autorité restant aux ducs de Guise, il le fait massacrer aux états de Blois: le même sort est réservé au cardinal de Lorraine, frère du duc; puis un fanatique, Jacques Clément, assassine Henri III.	1588
	(Formule. — André Doria tient le griffon de la ville de Gênes.)		(Formule. — Paul III tient la bulle pour le concile de Trente.)				A Henri II succède son fils François II (1559), mais il ne règne qu'un an et la couronne de France passe à son frère Charles IX (1560). La reine mère, Catherine de Médicis, s'empare de la régence et la France se trouve déchirée par les guerres civiles des catholiques et des protes-				1589
Gustave Vasa, roi de Suède.	Gustave Vasa embrasse le protestantisme, et après avoir été élu roi de Suède, à Stockholm, fait déclarer la couronne héréditaire dans sa famille.	1526	Mort de François Ier et d'Édouard VI.	François Ier, roi de France, meurt, et Henri II lui succède.	1547					Henri IV, Bourbon, est reconnu roi de France et de Navarre à la mort de Henri III; il acquiert de nombreux partisans, abjure le protestantisme, fait son entrée à Paris,	
Soliman II, le Magnifique.	Soliman II, le Magnifique, s'empare de Belgrade, de l'île de Rhodes, mais il ne peut réussir à prendre Vienne. A sa mort commence la décadence des Turcs.	1528		A la mort d'Édouard VI, le duc de Northumberland fait nommer Jeanne Gray reine d'Angleterre; mais Marie, fille de Henri VIII et de Catherine d'Aragon, réclame contre cette usurpation et condamne à mort lady Johanne Gray, son époux et	1553						
Fernand Cortez.	Fernand Cortez prend possession du Mexique sur Montezume, par ordre de Charles-Quint, roi d'Espagne et empereur d'Allemagne.	1529									

SIÈCLES après J.-C.	ÉVÉNEMENTS.	ORDRE chronologique après J.-C.	RÈGNES après J.-C.	ÉVÉNEMENTS.	ORDRE chronologique après J.-C.	SIÈCLES après J.-C.	RÈGNES après J.-C.	ÉVÉNEMENTS.	ORDRE chronologique après J.-C.	RÈGNES après J.-C.	ÉVÉNEMENTS.	ORDRE chronologique après J.-C.

Première partie (colonnes 1-2)

et accorde en faveur des protestants l'édit de Nantes.
(Formule. — *Henri IV tient la plume pour signer l'édit de Nantes.*)
Jacques Ier, fils de Marie-Stuart, succède à Elisabeth, dernière des Tudors. Une conspiration, celle des poudres, se forme pour détruire le parlement à la séance d'ouverture, mais elle est découverte.
(Formule. — *L'épée et la couronne de Jacques Ier.*)

Événements du XVIIe siècle après J.-C.

17 — La Réforme, adoptée par des princes d'Allemagne, amène une guerre de trente ans, entre l'empereur et ses compétiteurs; la première période est appelée Palatine, la seconde Danoise, la troisième Suédoise, la quatrième Française.
(Formule. — *L'épée et la lance pour la guerre de Trente-Ans.*)
La maison Romanov règne en Russie.
Henri IV meurt assassiné par Ravaillac (14 mai 1610); son fils, Louis XIII, est reconnu roi de France. Le ministre Richelieu a un grand pouvoir; il se montre contraire à l'accroissement de l'Autriche et protège le parti de la Réforme en Allemagne, mais il a con-

1598	Prise de la Rochelle.
1603	
1605	Galilée.
1618	Fin de la domination espagnole. Philippe IV, roi de Portugal.
1618	Mort de Louis XIII.
1620	Minorité de Louis XIV. Traité de Westphalie. Révolution de Naples.

Deuxième partie

durant en France; les protestants sont assiégés à la Rochelle, et après une longue lutte, la ville est prise par l'armée du roi.
(Formule. — *L'épée de Louis XIII et Richelieu priant pour la victoire de la Rochelle.*)
Galilée commence ses observations; elles sont jugées contraires à l'opinion dominante, et il est persécuté par la cour de Rome.
Le roi de Suède, Gustave-Adolphe, embrasse le parti des protestants: Il est victorieux, à la bataille de Lutzen, contre Wallenstein le plus habile des généraux allemands; mais dans cette victoire le roi de Suède perd la vie.
(Formule. — *L'épée ou dent? pour la mort de Gustave-Adolphe.*)
Les Espagnols sont chassés de Portugal, et Jean IV, de Bragance, de la famille des anciens rois, affranchit son pays de la domination espagnole.
Louis XIII meurt; Anne d'Autriche et le cardinal Mazarin ont la régence pendant la minorité de Louis XIV. Le traité de Westphalie, signé par Mazarin et Louis XIV, met fin à la guerre de Trente-Ans.
(Formule. — *L'épée de la guerre de Trente-Ans sur le traité de Westphalie.*)
Masaniello fait soulever le peuple

1625	
1630	
1632	
1640	
1643	
1647	
1648	
1648	

Troisième partie

17 — de Naples contre le vice-roi de Philippe IV d'Espagne.
Charles Ier, fils et successeur de Jacques Ier, roi d'Angleterre, commence à régner en 1625; mais, vaincu à Naseby par les troupes du parlement et livré par les Ecossais aux révoltés, il est condamné à mort et exécuté le 9 février 1649.
Olivier Cromwell est déclaré protecteur, et par sa fermeté l'Angleterre est respectée. Charles II, fils de Charles Ier, se retire en France où Louis XIV lui accorde protection.
(Formule. — *L'épée levée par Olivier Cromwell en Angleterre.*)
L'Espagne, toujours en lutte contre le Portugal après l'élection de la famille de Bragance, cherche à mettre fin à la rivalité des deux pays, et la paix de Lisbonne assure la tranquillité.
Le général Monk profitant des troubles dans le Parlement anglais, marche sur Londres pour concourir au rétablissement de l'ordre; mais au lieu de consolider le faible pouvoir de Richard Cromwell, qui avait succédé à son père, Monk détruit le Parlement, et en composant un autre fait proclamer roi d'Angleterre, Charles II, fils de l'infortuné Charles Ier.
(Formule. — *Les épées croisées par*

1649	Usurpation de Charles Ier, Olivier Cromwell.
1649	
1650	Charles II, roi d'Angleterre, en Ecosse.
1650	Restauration d'Angleterre.
1660	Charles II, roi d'Angleterre, Restauration en Angleterre.

Quatrième partie

17 — la paix de Lisbonne, ou pour la restauration des Stuarts.)
Les Turcs franchissent le boulevard de la chrétienté; passent en Hongrie et Jean Sobieski défend la ville et repousse les ennemis de l'Autriche.
(Formule. — *L'épée prise par Jean Sobieski, roi de Pologne.*)
A Charles II succède Jacques II, son frère, au trône d'Angleterre; mais accusé de partialité pour le catholicisme, les Anglais appellent son gendre, Guillaume d'Orange, qui fut reconnu roi d'Angleterre, et Jacques II est obligé de quitter son pays.
(Formule. — *L'épée et le casque couronné de Guillaume d'Orange.*)
Charles XII, roi de Suède, lutte avec succès contre Pierre le Grand, empereur de Russie; mais son ambition démesurée de détrôner le czar l'empêche de faire une paix honorable. Pierre-le-Grand bâtit Saint-Pétersbourg, triomphe de Charles à Pultava, s'empare de la Finlande et jette les fondements de la puissance moscovite; il veut introduire la civilisation qu'il avait admirée dans les autres pays. Son fils s'y montre contraire, mais le czar se

1673	
1678	Jean Sobieski, roi de Pologne.
1683	
1683	Jacques II, roi d'Angleterre.
1688	Guillaume d'Orange.
1697	
1702	Pierre le Grand, empereur de Russie.

RÈGNE après J.-C.	ÉVÉNEMENTS.	ORDRE chronol. après J.-C.	RÈGNE après J.-C.	ÉVÉNEMENTS.	ORDRE chronol. après J.-C.	RÈGNE après J.-C.	ÉVÉNEMENTS.	ORDRE chronol. après J.-C.	RÈGNE après J.-C.	ÉVÉNEMENTS.	ORDRE chronol. après J.-C.
17	montre implacable et le fait condamner à mort. (Formule. — Le drapeau et l'épée pour les guerres entre la Suède et la Russie.) La maison d'Autriche prétend à la couronne d'Espagne, léguée par Charles II à Philippe d'Anjou, petit-fils de Louis XIV (c'est la guerre de la succession d'Espagne). Les Français soutiennent la cause de Philippe V, mais ils éprouvent d'abord des revers. Ils se relèvent ensuite par la victoire de Denain (1712), et après le traité d'Utrecht Philippe V se consolide sur le trône d'Espagne.		18		Synchronisme du XVIIIe siècle après J.-C. Par le traité d'Utrecht, Victor-Amédée II, duc de Savoie, obtient la Sicile, et à la mort de la reine Anne, Georges de Brunswick est élu roi d'Angleterre. Le parlement anglais exclut les Stuart du trône. La paix d'Utrecht met fin à la guerre de succession d'Espagne. (Formule. — Georges de Brunswick prend la couronne d'Angleterre.) Louis XIV, après un règne de 72 ans, meurt, et il ne reste de toute sa famille qu'un enfant pour lui succéder; c'est Louis XV qui remplace son bisaïeul. La régence est donnée au duc d'Orléans. Pierre le Grand après avoir agrandi sa puissance donne un ukase qui donne le droit au czar de se nommer un successeur dans sa famille. Catherine Ire, sa femme, gouverne la Russie pendant deux ans, et le pouvoir passe au petit-fils de Pierre le Grand, Pierre II. (Formule. — Pierre le Grand indique l'aigle de sa puissance.) Georges II succède à Georges Ier au trône d'Angleterre. François Ier, d'abord duc de Lorraine, devient	1714 1714 1714 1715 1715 1725 1725 1727 1727	18	héritier de la Toscane à la mort de Jean Gaston, dernier des Médicis. (Formule. — François de Lorraine prend l'ordre de Saint-Étienne.) Marie-Thérèse ne voit disputer la couronne de l'Allemagne par Charles-Albert, duc de Bavière, qui, soutenu par la France, est nommé empereur sous le nom de Charles VII. Frédéric II, roi de Prusse, s'empare de la Silésie, se montre contraire, puis favorable à Marie-Thérèse. La mort de Charles VII et la protection que les Hongrois donnent à l'impératrice sauve Marie-Thérèse qui finit par s'asseoir sur le trône impérial. (Formule. — Marie-Thérèse parle aux Hongrois.) La jalousie de l'Autriche contre la Prusse amène la guerre de Sept-Ans; malgré le génie du grand Frédéric, il allait succomber, lorsque la mort d'Élisabeth de Russie le délivre d'une ennemie puissante, et Pierre III, neveu d'Élisabeth, se déclare en faveur de Frédéric. Le général Paoli est appelé le législateur de son pays; la Corse devient un département de la France. (Formule. — Le général Paoli indique le navire en Corse.)	1737 1742 1745 1756 1757	18	A Boston éclatent les premiers troubles contre l'Angleterre, pour les taxes qu'elle veut imposer aux colonies d'Amérique. Plus tard l'Amérique obtient son indépendance. (Formule. — Un Américain prend l'épée pour l'indépendance de son pays.) Catherine II, la Grande, succède à son époux, Pierre III, enlève aux Turcs la Crimée et arrête avec la Prusse et l'Autriche le démembrement de la Pologne. Elle est appelée la Sémiramis du Nord. Les Polonais commencent à désespérer de la scène politique et les efforts des opprimés sont inutiles pour empêcher le partage de leur pays. (1re division de la Pologne.) (Formule. — Les Polonais prient pour leur patrie.) Gustave III, roi de Suède, veut introduire des réformes, non acceptées du sénat, qui est supprimé par lui. Louis XVI succède à son grand-père Louis XV (1774), mais il trouve les finances dans un état déplorable; l'embarras amène la convocation des États-Généraux, qui se déclarent Assemblée nationale. Le Jeu de Paume donne le signal de la Révolution française.	1767 1768 1772 1788 1789 1789

SIÈCLE après J.-C.	ÉVÉNEMENTS.	ORDRE chronologique après J.-C.
48 siècles des hommes. Fuite de Louis XVI. Députés français. Mort de Louis XVI. Règne de la terreur. Barras, chef du Directoire exécutif. Bonaparte en Italie. Traité de Campo-Formio. Expédition d'Égypte.	L'Assemblée dirige ses réformes sur le clergé et supprime les couvents. Louis XVI se décide à quitter Paris pour aller rejoindre les siens en Allemagne, mais il est arrêté à Varennes. La Convention nationale abolit la royauté et proclame la république. Louis XVI est jugé par la Convention qui le condamne à mourir (21 janvier 1793.) La république, déchirée par les partis, tombe entre les mains de Danton et de Robespierre. — (C'est l'époque de la Terreur.) Barras triomphe par l'aide de Bonaparte et calme les esprits ; il est nommé chef du Directoire exécutif. Bonaparte est envoyé général en chef à l'armée d'Italie ; il triomphe à Montenotte, Millesimo, Mondovi, Arcole, et tous les regards se fixent sur le jeune héros. Bonaparte veut porter la guerre au centre de l'empire d'Allemagne, mais il est arrêté sur les Alpes Juliennes par des propositions de paix qui amènent le traité de Campo-Formio entre la France et l'Autriche. De grands préparatifs se font sur les côtes de la France ; l'Angleterre redoute d'être attaquée par l'armée française, lorsque Bonaparte	48 1790 1791 1792 1793 1795 19 1796 1797 1798

SIÈCLES après J.-C.	ÉVÉNEMENTS.	ORDRE chronologique après J.-C.
19 Thomas, dernier grand maître de Malte. 19 Bonaparte, 1er consul. Bataille d'Austerlitz, fin des Autrichiens. Guerre de Prusse. Traité de Lunéville et Amiens.	part pour l'Égypte, triomphe à Malte, gagne la bataille d'Aboukir contre les Turcs et s'empare d'Alexandrie et du Caire. Bonaparte laisse Kléber en Égypte et revient en France où il est reçu en triomphe ; il parvient à renverser le Directoire et il est nommé consul avec Sieyès et Roger-Ducos. Les Russes et les Autrichiens entrent en Suisse et en Italie, mais la victoire est aux Français. Un projet hardi fermente dans la tête du premier consul ; il ordonne à ses troupes de descendre en Italie par le mont Saint-Bernard ; il y arrive sans opposition, et après quelques semaines il gagne la bataille de Marengo. Le général Desaix est tué dans l'action. La religion chrétienne est rétablie en France, et Bonaparte signe un concordat avec le pape Pie VII. Les Pays-Bas sont reconnus comme république batave, ainsi que la Lombardie Cisalpine par le traité de Lunéville. La France veut la paix avec l'Angleterre, mais le ministre anglais, Pitt, renonce au ministère plutôt que d'adhérer à la paix ; des plénipotentiaires anglais se rendent en France et signent la petite paix d'Amiens.	1799 1799 1800 1801 1801 1802

SIÈCLES après J.-C.	ÉVÉNEMENTS.	ORDRE chronologique après J.-C.
19 Thomas, dernier grand maître de Malte. 19 Empereur, fin des consuls. 19 Austerlitz, fin des Autrichiens. Guerre de Prusse. Traité d'Allemagne. Guerre d'Espagne.	L'ordre des chevaliers de Malte est aboli ; Thomas en est le dernier grand maître. Bonaparte est d'abord nommé consul à vie (1802) et puis couronné empereur le 2 décembre (1804), et puis à Milan (1805). Mais Napoléon lève le camp Boulogne et entre de nouveau en guerre contre l'Autriche. Les Français sont victorieux à Austerlitz, et François II renonce au titre d'empereur romain et devient François Ier d'Autriche. Alexandre, empereur de Russie, ne peut, malgré tous ses efforts, couvrir la défaite de l'armée autrichienne. Napoléon porte la guerre en Prusse, qui s'était alliée avec la Russie, gagne la bataille d'Iéna, et fait son entrée à Berlin. Les Français triomphent à Friedland, à Eylau ; les Russes sont toujours en déroute, et par le traité de Tilsitt, il est décidé que la Hollande sera gouvernée par Louis, frère de Napoléon, Naples par Joseph, la Saxe par l'Électeur, et la Westphalie par Jérôme, jeune frère de l'empereur ; Joset entre dans la Portugal. Napoléon ne peut vaincre l'Angleterre et cherche à fermer les ports aux navires anglais, en établissant le blocus continental. Charles IV, roi d'Espagne, abdique, et Napoléon déclare son frère Joseph	1808 1804 1805 1806 1807 1808

SIÈCLES après J.-C.	ÉVÉNEMENTS.	ORDRE chronologique après J.-C.
19 Paix de Vienne. Bataille d'Austerlitz. Divorce de Napoléon. Naissance du roi de Rome. Campagne de Russie. Mort de Poniatowski. Mort de Moreau.	roi d'Espagne, et envoie Murat, roi de Naples. Les Espagnols résistent avec l'aide des Anglais, et par la valeur de Nelson et du duc de Wellington, l'Espagne est victorieuse. Napoléon gagne la bataille de Wagram ; après laquelle il conclut la paix de Vienne et obtient la fille de l'empereur. Divorçant avec Joséphine, Napoléon épouse Marie-Louise, et, désirant peut-être réunir toute l'Italie en un seul royaume, il nomme son fils roi de Rome. Napoléon se décide à porter la guerre dans l'intérieur de l'empire de Russie qui n'a point maintenu le blocus ; il gagne des victoires et du terrain, il s'empare de Moscou, mais, par le rigueur de la saison et l'incendie de la ville par les Russes, il est obligé de battre en retraite. Napoléon arrive à Paris, nomme Marie-Louise régente et revient de nouveau guerroyer en Allemagne ; il est victorieux à Lutzen, à Bautzen, mais il refuse les propositions des alliés. Moreau à la tête des alliés est tué à la bataille de Dresde. Poniatowski meurt en lançant son cheval dans l'Elster, près de Leipzig. Murat, roi d'Italie, s'unit aux alliés. Napoléon est victorieux à Champ-	1809 1810 1811 1812 1813 1813 1813 1814

SIÈCLES après J.-C.	ÉVÉNEMENTS.	ORDRE chronologique après J.-C.	SIÈCLES après J.-C.	ÉVÉNEMENTS.	ORDRE chronologique après J.-C.	SIÈCLES après J.-C.	ÉVÉNEMENTS.	ORDRE chronologique après J.-C.	SIÈCLES après J.-C.	ÉVÉNEMENTS.	ORDRE chronologique après J.-C.
19	...bert, à Montmirail, à Vauchamps, à Nangis. De nouvelles propositions arrivent à Napoléon qui les rejette encore.		19	La Grèce établit un acte constitutionnel pour son indépendance.	1822	19	Mort de Georges IV, roi d'Angleterre, son frère Guillaume IV lui succède.	1830	19	bientôt de la mort du sultan Mahomed, remplacé par Abdul-Medjid.	1830
	Abdication de Napoléon. Napoléon abdique à Fontainebleau et se retire dans l'île d'Elbe, mais bientôt il la quitte subitement et rentre de nouveau en France. Louis XVIII passe en Belgique.	1814		Constantin, frère d'Alexandre, renonce au droit de succéder à l'empereur de Russie.	1823		Mort de Charles-Félix, roi de Sardaigne. Avénement de Charles-Albert, prince de Carignan.	1831		Les puissances européennes interviennent dans la question d'Orient. Occupation de Beyrouth en Syrie par les Anglais.	1840
				Le pape Pie VII meurt à Rome.	1823		Le gouvernement français envoie une armée à Ancône.	1835		Abdication de la reine Christina d'Espagne.	1840
	Bataille de Waterloo. Les alliés se réunissent en foule et la bataille de Waterloo est d'abord aux Français, mais Blücher avec les Prussiens fait pencher la balance en faveur des alliés. Napoléon vient se confier aux Anglais qui l'amènent à Sainte-Hélène.	1815		Bolivar est nommé dictateur au Pérou.	1824		Le prince Othon de Bavière est nommé roi héréditaire de la Grèce.	1832		Le général Espartero, régent du royaume d'Espagne. Révolte des Christinos en Espagne.	1841
				Louis XVIII meurt, son frère Charles X lui succède.	1824		Prise de la ville d'Ancône.	1832		Révolution chartiste en Portugal.	1842
	Louis XVIII. Louis XVIII s'assoit sur le trône de France, la Charte à la main.	1815		L'empereur Alexandre en mourant laisse le trône à son frère puiné Nicolas.	1825		Mort de Ferdinand VII, roi d'Espagne, sa fille Isabelle lui succède sous la régence de sa mère Christine.	1833		Mort du duc d'Orléans.	1842
	Mort de Murat. Murat, roi de Naples, qui s'était rallié à Napoléon pendant les Cent-Jours, est forcé de quitter ses États, il tenta d'y rentrer, mais il est arrêté et fusillé.	1815		Jean IV, roi de Portugal, meurt, et son fils, Don Pédro, empereur du Brésil, renonce à la couronne de Portugal, en faveur de sa fille, Dona Maria.	1826		Traité de la quadruple alliance pour rétablir l'ordre en Espagne et en Portugal.	1834		Prise de la Smala d'Abdal-Kader, en Algérie. Bombardement de Tanger.	1843
	Abolition de la traite des nègres. Le parlement britanique abolit la traite des nègres.	1818		Traité de Londres pour la pacification de la Grèce.	1827		Ferdinand Ier succède comme empereur d'Autriche à son père François Ier.	1835		Bataille d'Isly. Bombardement de Mogador.	1844
	Mort de Kotzebue. Le poëte Kotzebue est tué en Allemagne.	1819		Bataille de Navarin.	1827		Occupation militaire de la ville libre de Cracovie par les troupes d'Autriche, de la Russie et de la France.	1836		Insurrection en Suisse.	1845
	Mort du duc de Berry. Le duc de Berry est assassiné par Louvel.	1820		Capo d'Istria prend les rênes du gouvernement en Grèce.	1828		Mort du roi d'Angleterre, Guillaume IV. Avénement de sa nièce Victoria, reine d'Angleterre.	1837		Tentative d'insurrection en Pologne. Mort du pape Grégoire XVI. Pie IX (Mastai) lui succède.	1846
	Mort de Georges III, roi d'Angleterre. Son fils déjà régent lui succède sous le nom de Georges IV.	1820		Mariage de Ferdinand VII, roi d'Espagne, avec Marie-Christine de Sicile.	1829		La Russie fait des efforts pour soumettre les populations révoltées du Caucase.	1838		Schamyl continue à lutter avec les Russes.	1846
	Mort de Napoléon. Napoléon meurt à Sainte-Hélène.	1821		Ferdinand VII abolit la loi salique et désigne pour lui succéder sa fille, Isabelle. Don Carlos, frère du roi, proteste.	?		Évacuation d'Ancône par les troupes françaises.	1838		Le roi de Prusse décrète la réunion, en diète générale, des États provinciaux.	1847
				Expédition et prise d'Alger. Révolution de juillet en France.	1830		Ibrahim-Pacha, fils du vice-roi d'Égypte, gagne sur les troupes turques la victoire de Nézib, suivie			Pie IX institue la garde civique. Mort de Marie-Louise, seconde femme de Napoléon.	1847
				Abdications de Charles X et du duc d'Angoulême.	1830					Insurrection à Palerme. Troubles à Messine.	1848
				Louis Philippe, roi des Français.	1830					Le roi de Naples donne une constitution à ses États, comme aussi le pape Pie IX.	1848

SIÈCLE après J.-C.	ÉVÉNEMENTS.	DATE après J.-C.	SIÈCLE après J.-C.	ÉVÉNEMENTS.	DATE après J.-C.	SIÈCLE après J.-C.	ÉVÉNEMENTS.	DATE après J.-C.
	Le duc de Toscane, Léopold II et Charles-Albert, roi de Sardaigne, donnent une constitution à leurs États.	1848	19	Mort de Robert Peel, ministre anglais.	1850	19	sont mis en déroute par les Russes (4 mars).	1854
	Insurrection à Milan.	1848		Mouvement entre les Danois et l'armée d'Holstein près d'Idstedt.	1850		Traité entre la France, la Grande-Bretagne et la Turquie (12 mars).	1854
	Charles-Albert entre dans les États autrichiens.	1848		Bombardement de Salé (Maroc) par une escadre française.	1851		Déclaration de guerre à la Russie par la Grande-Bretagne (28 mars).	1854
	Sanglante émeute à Berlin.	1848		Louis-Napoléon élu président pour dix ans.	1851		Les Grecs sont battus à Damasko (Thessalie) par Abdi-Pacha (23 avril).	1854
	Abdication du roi de Bavière en faveur de son fils, Maximilien Ier.	1848		Proclamation de Louis-Napoléon empereur.	1852		Canonnement de la forteresse de Bomarsund, par les vapeurs anglais et français (21 juin).	1854
	Prise de Peschiera par Charles-Albert.	1848		Le prince Menschikoff annonce à la Sublime-Porte la rupture des relations diplomatiques.	1853		Victoire d'Alma, par le maréchal Saint-Arnaud et lord Raglan (20 septembre).	1854
	Insurrection à Paris. Cavaignac, chef du pouvoir exécutif (juin).	1848		Mémorandum de la Sublime-Porte aux représentants des puissances occidentales.	1853		Bataille d'Inkerman (5 novembre).	1854
	Bombardement et prise de Messine.	1848		Première affaire sanglante entre les Russes et les Turcs, à Galatz (23 octobre).	1853		Mort de l'empereur de Russie Nicolas Ier (2 mars).	1855
	Abdication de l'empereur Ferdinand. Avènement de son neveu François-Joseph (2 décembre).	1848		Mort de Dona Maria, reine de Portugal (15 novembre).	1853		Son fils, Alexandre II, lui succède.	1855
	Louis-Napoléon, président de la République française (10 décemb.).	1848		Nachimoff, vice-amiral russe, anéantit une division turque à Sinope (30 novembre).	1853		Ouverture des conférences de Vienne pour traiter la paix entre la Russie et les puissances occidentales (15 mars).	1855
	Révolution à Rome; Pie IX s'enfuit à Gaëte (10 décembre).	1848		Prise de Czetate (petite Valachie) par les Turcs (6 février).	1854			
	Constituante italienne convoquée à Rome (12 décembre).	1848		Combat de Kalarasch où les Turcs				
	Léopold II, grand-duc de Toscane, quitte sa capitale et se rend à Gaëte.	1849						
	Bataille de Novare. Abdication de Charles-Albert. Victor-Emmanuel II, son fils, lui succède (23 mars).	1849						

CALENDRIER PERPÉTUEL.

TABLEAUX DES JOURS DE LA SEMAINE
par lesquels le mois commence et se poursuit.

SÉRIE DES ANNÉES composant UN SIÈCLE.	ANNÉES SÉCULAIRES.				MOIS et nombre de Jours qui les composent.		LETTRES DOMINICALES.						
	1600 1700 1800 1900 2000 2100 2200 2300 2400 2500 2600 2700 2800 2900 3000 3100				mois	Jours	A	B	C	D	E	F	G
1 29 57 85	G	B	D	F	Janvier.	31	1	7	6	5	4	3	2
2 30 58 86	F	A	C	E									
3 31 59 87	E	G	B	D									
4 32 60 88	D C F E A G C B				Février.	28 29	4	5	2	4	7	6	5
5 33 61 89	B	D	F	A									
6 34 62 90	A	C	E	G	Mars.	31	4	5	2	1	7	6	5
7 35 63 91	G	B	D	F									
8 36 64 92	F E A G C B E D				Avril.	30	7	6	4	3	2	1	7
9 37 65 93	D	F	A	C									
10 38 66 94	C	E	G	B	Mai.	31	2	1	7	6	5	4	3
11 39 67 95	B	D	F	A									
12 40 68 96	A G C R E D G F				Juin.	30	5	4	3	2	1	7	6
13 41 69 97	F	A	C	E									
14 42 70 98	E	G	B	D	Juillet.	31	7	6	5	4	3	2	1
15 43 71 99	D	F	A	C									
Année bissextile le siècle 100	B	A	C	E	Août.	31	3	2	1	7	6	5	4
16 44 72	C B E D G F B A												
17 45 73		G	B	D	Septemb.	30	6	5	4	3	2	1	7
18 46 74		F	A	C									
19 47 75	G		B		Octobre.	31	1	7	6	5	4	3	2
20 48 76	E D G F B A D C												
21 49 77	C	E		B	Novemb.	30	4	5	2	1	7	6	5
22 50 78	B	D		A									
23 51 79	A	C	E	G	Décemb.	31	6	5	4	3	2	1	7
24 52 80	G F B A D C F E												
25 53 81	E	D	G	B									
26 54 82	D	F	E	A									
27 55 83	C	E	G	B									
28 56 84	B A D C F E A G												

1er tableau.

Dimanche	1	8	15	22	29
Lundi	2	9	16	23	30
Mardi	3	10	17	24	31
Mercredi	4	11	18	25	
Jeudi	5	12	19	26	
Vendredi	6	13	20	27	
Samedi	7	14	21	28	

2e tableau.

Lundi	1	8	15	22	29
Mardi	2	9	16	23	30
Mercredi	3	10	17	24	31
Jeudi	4	11	18	25	
Vendredi	5	12	19	26	
Samedi	6	13	20	27	
Dimanche	7	14	21	28	

6e tableau.

Mardi	1	8	15	22	29
Mercredi	2	9	16	23	30
Jeudi	3	10	17	24	31
Vendredi	4	11	18	25	
Samedi	5	12	19	26	
Dimanche	6	13	20	27	
Lundi	7	14	21	28	

4e tableau.

Mercredi	1	8	15	22	29
Jeudi	2	9	16	23	30
Vendredi	3	10	17	24	31
Samedi	4	11	18	25	
Dimanche	5	12	19	26	
Lundi	6	13	20	27	
Mardi	7	14	21	28	

5e tableau.

Jeudi	1	8	15	22	29
Vendredi	2	9	16	23	30
Samedi	3	10	17	24	31
Dimanche	4	11	18	25	
Lundi	5	12	19	26	
Mardi	6	13	20	27	
Mercredi	7	14	21	28	

6e tableau.

Vendredi	1	8	15	22	29
Samedi	2	9	16	23	30
Dimanche	3	10	17	24	31
Lundi	4	11	18	25	
Mardi	5	12	19	26	
Mercredi	6	13	20	27	
Jeudi	7	14	21	28	

7e tableau.

Samedi	1	8	15	22	29
Dimanche	2	9	16	23	30
Lundi	3	10	17	24	31
Mardi	4	11	18	25	
Mercredi	5	12	19	26	
Jeudi	6	13	20	27	
Vendredi	7	14	21	28	

EXPLICATION. — Ce Calendrier sera consulter le passé, à partir de la Réforme grégorienne (1582), et l'avenir jusqu'à l'infini.

Paris, typ. nouv. d'Ad. Lainé et Cie.

AXIOMES SUR LA MÉMOIRE

Nous ne pouvons jamais bien retenir ce que nous ne comprenons pas bien.

L'attention et l'analyse sont les véritables flambeaux de l'intelligence.

Il y a des idées qui se fixent plus facilement que d'autres dans la mémoire.

La durée du souvenir dépend de la force des impressions reçues.

La mémoire n'est rien sans l'association des idées.

Cette association existe dans la nature même des choses, ou peut être suppléée par la force de notre imagination.

Analyser, comprendre, simplifier, associer l'inconnu avec le connu, traduire le difficile par le facile, voilà la base philosophique de la méthode de N. Minola pour l'enseignement de l'histoire.

CLEF CONVENTIONNELLE

1. Un homme debout, un sceptre, une colonne, une lance.

2. Un animal quelconque, un homme à genoux.

3. Un arc, un ruban, des nuages, un mont, une étole, une corde, les ondes de la mer.

4. Un objet carré (un livre, une feuille de papier, une boîte, une maison) une quantité de peuple.

5. Un homme assis, un navire, un serpent.

6. Une épée.

7. Un homme en action, une équerre.

8. Deux couronnes, deux anneaux, deux objets ronds.

9. Un sceptre couronné, un drapeau, une plume, un arbre.

0. Une couronne, un objet quelconque de forme ronde.

RUSSIE.

Rurik, fondateur de la monarchie 862
Cette maison a duré jusqu'à Czars.

CZARS.
Ivan IV — 1533
Fédor Ier — 1584
Godnof — 1598
Fédor II — 1605
Dimitri le Faux — 1605
Schouïski — 1606
Vladislas — 1610

ROMANOW.
Michel III — 1613
Alexis — 1645
Fédor III — 1676
Iwan V et Pierre Ier — 1682
Pierre seul — 1696

EMPEREURS.
Pierre le Grand — 1721
Catherine Ier — 1725
Pierre II — 1727
Anne — 1730
Iwan VI — 1740
Elisabeth — 1741

HOLSTEIN-GOTTORP.
Pierre III — 1762
Catherine II la Grande — 1762
Paul Ier — 1796
Alexandre Ier — 1801
Nicholas — 1825
Alexandre II — 1855

Allemagne.

DYNASTIE CAROLINGIENNE.
Charlemagne — 800
Louis Ier le Débonnaire — 814
Louis II le Germanique — 843
Carloman — 876
Louis II — 878
Charles le Gros — 882
Arnoul — 887
Louis III l'Enfant — 899

FRANCONIE.
Conrad Ier — 911

SAXE.
Henri Ier l'Oiseleur — 918
Othon le Grand — 936
Othon II — 973
Othon III — 983
Henri II — 1002

FRANCONIE SALIQUE.
Conrad II — 1024
Henri III — 1039
Henri IV — 1056
Henri V — 1106
Lothaire II — 1125

SOUABE.
Conrad III — 1138
Frédéric Ier Barberousse — 1152
Henri VI — 1190
Philippe — 1197
Othon IV — 1208
Frédéric II — 1220
Conrad IV — 1250
Guillaume de Hollande — 1254

(Interrègne. — 1269.)

HAPSBOURG.
Rodolphe — 1273
Adolphe de Nassau — 1291
Albert Ier — 1298

LUXEMBOURG.
Henri VI — 1308
Louis de Bavière — 1314
Charles IV de Luxembourg — 1347
Venceslas — 1378
Robert comte Palatin — 1400
Josse — 1410
Sigismond de Luxembourg — 1411

AUTRICHE.
Albert II — 1438
Frédéric III — 1440
Maximilien Ier — 1493
Charles-Quint — 1519
Ferdinand Ier — 1558
Maximilien II — 1564

Rodolphe II — 1576
Mathias — 1612
Ferdinand II — 1619
Ferdinand III — 1637
Léopold Ier — 1658
Joseph Ier — 1705
Charles VI — 1711
(Charles VII de Bavière) — 1742

LORRAINE.
Marie-Thérèse et François Ier — 1745
Joseph II — 1765
Léopold II — 1790
François II — 1792
Après la bataille d'Austerlitz François Ier — 1806
Ferdinand Ier — 1835
François Joseph — 1848

Portugal.

MAISON DE BOURGOGNE.
Alphonse Ier — 1139
Sanche Ier — 1185
Sanche II — 1223
Alphonse II — 1211
Alphonse III — 1248
Denys — 1279
Alphonse IV — 1325
Pierre Ier — 1357
Ferdinand Ier — 1367

AVIS.
Jean — 1383
Alphonse V — 1438
Jean II — 1481
Emmanuel — 1495
Jean III — 1521
Sébastien — 1557
Henri le Cardinal — 1578

DOMINATION ESPAGNOLE.
Philippe II — 1580
Philippe III — 1598
Philippe IV — 1621

BRAGANCE.
1640
Jean IV — 1640
Alphonse VI — 1656

Pierre II — 1683
Jean V — 1706
Joseph Ier — 1750
Pierre III et Marie — 1777
Marie seule — 1786
Jean VI — 1816
Dona Maria II — 1826
(Don Miguel usurpateur — 1828)
Dona Maria II rétablie — 1833
Pierre III — 1853

Turquie.
Mahomet II — 1451
Il s'empare de Constantinople et met fin à l'empire romain d'Orient en...
Bajazet II — 1481
Sélim Ier — 1512
Soliman II — 1520
Sélim II — 1566
Amurat III — 1574
Mahomet III — 1595
Achmet Ier — 1603
Mustapha Ier — 1617
Osman II — 1618
Mustapha rétabli — 1622
Amurat IV — 1623
Ibrahim — 1640
Mahomet IV — 1649
Soliman III — 1687
Achmet II — 1691
Mustapha II — 1695
Achmet III — 1703
Mahomet V — 1730
Osman III — 1754
Mustapha III — 1757
Abdul-Hamid — 1774
Sélim III — 1789
Moustapha IV — 1807
Mahmoud II — 1808
Abdul-Medjid — 1839

Prusse.
DUCS.
Albert — 1525
Albert-Frédéric — 1568
Jean Sigismond — 1618

Georges-Guillaume — 1619
Guillaume-Frédéric — 1640
Frédéric Ier — 1688

ROIS.
Frédéric Ier — 1701
Frédéric-Guillaume — 1713
Frédéric II le Grand — 1740
Frédéric-Guillaume II — 1786
Frédéric-Guillaume III — 1797
Frédéric-Guillaume IV — 1840

Espagne.
VISIGOTHS.
La dynastie des Visigoths régna de 415 à 712.
Domination des Maures depuis 712 jusqu'à 1492.

ROYAUMES D'ESPAGNE RÉUNIS.
Ferdinand V le Catholique et Isabelle — 1474
Après la bataille de Grenade, roi de toute l'Espagne — 1492
Jeanne la Folle et Philippe le Beau — 1500
Ferdinand le Catholique de nouveau — 1506
Charles-Quint (Ier) — 1516
Philippe II — 1555
Philippe III — 1598
Philippe IV — 1621
Charles II — 1665

BOURBONS.
Philippe V — 1700
Louis Ier — 1724
Philippe V de nouveau — 1724
Ferdinand VI — 1746
Charles III — 1759
Charles IV — 1788
Ferdinand VII — 1808

DYNASTIE NAPOLÉONIENNE.
Joseph — 1808
BOURBONS.
Ferdinand VII rétabli — 1814
Isabelle II — 1833

États Sardes.
COMTES DE SAVOIE.
Bertold, comte de Maurienne — 999
Humbert Ier aux Mains Blanches — 1027
Amédée Ier — 1048
Amédée II — 1060
Humbert le Renforcé — 1072
Amédée III — 1118
Humbert III — 1138
Thomas Ier — 1188
Amédée IV — 1233
Boniface — 1253
Pierre — 1263
Philippe Ier — 1268
Amédée V le Grand — 1285
Édouard — 1323
Aymon — 1329
Amédée VI le Vert — 1343
Amédée VII le Rouge — 1383

DUCS DE SAVOIE.
Amédée VIII — 1391
Louis — 1430
Amédée IX — 1465
Philibert — 1472
Charles Ier — 1482
Charles II — 1490
Philippe XII — 1496
Philibert II — 1497
Charles III — 1504
Emmanuel-Philibert — 1553
Charles-Emmanuel Ier — 1580
Charles-Emmanuel II — 1630
(Franç-Hyacinthe — 1637)
Charles-Emmanuel II — 1638

ROIS DE SARDAIGNE.
Victor-Amédée II — 1675
Charles-Emmanuel III — 1730
Victor-Amédée III — 1773
Charles-Emmanuel IV — 1796
Victor-Emmanuel Ier — 1802
abdique en — 1821
Charles-Félix — 1821
Charles-Albert — 1831
abdique en — 1849
Victor-Emmanuel II — 1849

SOUVERAINS DES ÉTATS REMARQUABLES

Monarchie des Hébreux

ROIS.

Saül	AV. J.-C. 1095
David	1040
Salomon	1001

(Schisme des dix tribus. — 975.)

ROIS D'ISRAEL.

Jéroboam Ier	962
Nadab	919
Baasa	918
Ela	919
Zambri	8 jours
Amri	918
Achab	901
Ochosias	880
Joram	897
Jéhu	856
Joachaz	839
Jéroboam II	817

(Interrègne — 770-767.)

Zacharie	767
Sellum	769
Manahem	766
Phacéia	754
Phacée	755
Osée	776

(Destruction du royaume d'Israël par Salmanasar, roi d'Assyrie. — 716.)

ROIS DE JUDA.

Roboam	962
Abiam	940
Asa	944
Josaphat	904
Joram	889
Ochosias	877
Athalie	876
Joas	AV. J.-C. 870
Amasias	831
Ozias	803
Jonathan	759
Achaz	737
Ezéchias	725
Manassès	694
Amon	610
Josias	639
Joachas	608
Eliakim	608
Joachin ou Jéchonias	597
Sédécias	597

Destruction du royaume de Juda 587, par Nabuchodonosor II, roi d'Assyrie, maître de Jérusalem, depuis 606. La captivité de Babylone a duré 70 ans (606-536.)

France.

Pharamond	APRÈS J.-C. 420
Clodion	427

DYNASTIE MÉROVINGIENNE.

Mérovée	448
Childéric Ier	458
Clovis	481
Childebert Ier	511
Clotaire Ier	511
Caribert	561
Chilpéric Ier	561
Clotaire II	584
Dagobert Ier	628
Clovis II	638
Clotaire III	655
Childéric II	670
Thierry Ier	673
Clovis III	691
Childebert III	695
Dagobert II	711
Chilpéric II	716
Thierry II	720

(Gouvernement sous le gouvernement de Charles Martel. — 737.)

Childéric III	742

DYNASTIE CARLOVINGIENNE.

Pépin le Bref	752
Charlemagne	768
Louis le Débonnaire	814
Charles II le Chauve	840
Louis II le Bègue	877
Louis III et Carloman	879
Carloman seul	882
Charles le Gros	884
Eudes	888
Charles III le Simple	898
Raoul	923
Louis IV d'Outre-Mer	936
Lothaire	954
Louis V	986

DYNASTIE CAPÉTIENNE.

Hugues Capet	987
Robert	996
Henri Ier	1031
Philippe Ier	1060
Louis VI	1108
Louis VII le Jeune	1137
Philippe II Auguste	1180
Louis VIII le Lion	1223
Louis IX le Saint	1226
Philippe III le Hardi	1270
Philippe IV le Bel	1285
Louis X le Hutin	1314
Jean Ier	1316
Philippe V le Long	1316
Charles IV	1322

VALOIS.

Philippe VI	1328
Jean II le Bon	1350
Charles V le Sage	1364
Charles VI	1380
Charles VII le Victorieux	1422
Louis XI	1461
Charles VIII	1483

VALOIS ORLÉANS.

Louis XII le Père du peuple	1498

VALOIS ANGOULÊME.

François Ier	1515
Henri II	1547
François II	1559
Charles IX	1560
Henri III	1574

BOURBONS.

Henri IV	1589
Louis XIII	1610
Louis XIV	1643
Louis XV	1715
Louis XVI	1774
Louis XVII (de nom seulement)	1793.

RÉPUBLIQUE.

1793-1804.

EMPIRE.

Dynastie napoléonienne

Napoléon Ier	1804

BOURBONS.

Louis XVIII	1814
Charles X	1824

DYNASTIE ORLÉANISTE.

Louis-Philippe, roi des Français	1830

DEUXIÈME RÉPUBLIQUE.

Louis-Napoléon, président	1848

DEUXIÈME EMPIRE.

Napoléon III	1853

Angleterre.

MAISON ANGLO-SAXONNE.

Egbert	827
Ethelwolf	837
Ethelbald	857
Ethelbert	860
Ethelred Ier	866
Alfred le Grand	872
Édouard l'Ancien	900
Athelstan	925
Edmond Ier	940
Edred	946
Edwy	955
Edgar	957
Édouard le Martyr	975
Ethelred II	978
Edmond II	1016

MAISON DANOISE.

Suénon	1014
Canut Ier	1017
Harold Ier	1035
Hardi Canut	1035

SAXONS.

Édouard le Confesseur	1041
Harold II	1065

MAISON NORMANDE.

Guillaume le Conquérant	1066
Guillaume II le Roux	1087
Henri Ier le Beau Clerc	1100
Étienne de Blois	1135

PLANTAGENETS.

Henri II	1154
Richard Ier	1189
Jean sans Terre	1199
Henri III	1216
Édouard Ier	1272
Édouard II	1307
Édouard III	1327
Richard II	1377

LANCASTRES.

Henri IV	1399
Henri V	1413
Henri VI	1422

YORKS.

Édouard IV	1461
Édouard V	1483

GLOUCESTER.

Richard III	1483

MAISON DES TUDORS.

Henri VII	1485
Henri VIII	1509
Édouard VI	1547
Marie	1553
Élisabeth	1558

MAISON DES STUARTS.

Jacques Ier	1603
Charles Ier	1625
(Olivier Cromwell, protecteur	1649)
(Richard Cromwell	1654)
Charles II	1660
Jacques II	1685

ORANGE.

Guillaume III	1689
Anne Stuart	1702

MAISON DE BRUNSWICK.

Georges Ier	1714
Georges II	1727
Georges III	1760
Georges IV	1820
Guillaume IV	1830
Victoria	1837

www.ingramcontent.com/pod-product-compliance
Lightning Source LLC
Chambersburg PA
CBHW060848180626
46818CB00004B/1628